世紀文庫
文學032

金陵十三釵

嚴歌苓　著

金陵十三钗

—严歌苓

我的姨妈一直在找一个人。准确说，在找一个女人。找着找着，她渐渐老了，婚嫁大事都让她找忘了。等我长到可以做她谈手的年龄，我发现姨妈找了一辈子的女人是个妓女。在她和我老姨相识的时候，她是她那一行的花魁。用新世纪的语言，就是腕级人物。

在1946年八月，在南京举行的对日本战犯的审判会上，我老姨几乎找到了她。她坐在证人席上。指认日军高级军官的一次有预谋的大规模强奸。

我老姨是从她的嗓音里辨认出她的。老姨挤在法庭外面的人群里。从高悬在电线杆上的高音喇叭里听见了她的证词，尽管她用的是另一个名字。

从法庭外进入审判厅，花费了我姨妈一个小时。那天来听审的南京市民挤在法庭外面，成了一道道人墙；审判大厅内也挤得无缝插足，我年轻的姨妈感觉墙壁都被挤化了，每一次推搡它都变一次形。日本人屠城后南京的剩余人口此刻似乎都集聚在法庭内外，哪怕听听高音喇叭转述的发言也解恨。

我姨妈看见了她的背影，还是很好的一个背影，没给糟践得不成形状。那是四月，我姨妈从外面撕出一条人缝挤进来到她身后，被上万人的汗气蒸得湿淋淋的，淡黑的眉毛堵住了额头上流下的汗。她伸出手，拍了拍南京三十年代

金陵十三釵

目次

引子

我的姨媽孟書娟一直在找一個人。準確地說，在找一個女人。找著找著，她漸漸老了，婚嫁大事都讓她找忘了。等我長到可以做她談手的年齡，我發現姨媽找了一輩子的女人是個妓女。在她和我姨媽相識的時候，她是那一行的花魁。用新世紀的語言，就是腕兒級人物。

一九四六年八月，在南京舉行的對日本戰犯的審判大會上，我老姨幾乎找到了她。她坐在證人席上，指認日軍高級軍官的一次有預謀的、大規模的強姦。

我姨媽是從她的嗓音裡辨認出她的。姨媽擠在法庭外面的人群裡，從懸在電線杆上的高音喇叭裡聽見了她的證詞，儘管她用的是另一個名字。

從法庭外進入審判廳，花費了我姨媽一個小時。五十六年前，八月的南京萬人空巷，市民們寧可中暑也要親自來目睹耳聞糟踐了他們八年的日本人的下場。審判大廳內外都擠得無縫插足，我年輕的姨媽感覺牆壁都被擠化了，每一次推搡，它都變一次形。日本人屠城後南京的剩餘人口此刻似乎都集聚在法庭內外，在半里路外聽聽高音喇叭轉達的發言也解恨。

我的書娟姨媽遠遠看見了她的背影。還是很好的一個背影，沒給糟蹋得不成形狀。書娟姨媽從外圍的人群撕出一條縫來到她的身後，被上萬人的汗氣蒸得濕淋淋的。姨媽伸出手，拍了拍南京三十年代最著名的流水肩，轉過來的臉卻不是我姨媽記憶裡的。這是一張似是而非的臉；我姨媽後來猜想，那天生麗質的臉蛋兒也許是被毀了容又讓手藝差勁的整容醫生修復過的。

「趙玉墨！」屆時只有二十歲的孟書娟小聲驚呼。叫趙玉墨的女人瞪著兩隻裝糊塗的眼睛。

「我是孟書娟啊！」我姨媽說。

她搖搖頭，用典型的趙玉墨嗓音說：「你認錯人了。」三十年代南京的浪子們都認識趙玉墨，都愛聽她有點跑調的歌聲。

我的書娟姨媽不屈不撓，擠到她側面，告訴她，孟書娟就是被趙玉墨和她的姐妹們救下來的女學生之一啊！

不管孟書娟怎樣堅持，趙玉墨就是堅決不認她。她還用趙玉墨的眼神兒斜她一眼，把趙玉墨冷豔的、從毀容中倖存的下巴一挑，再用趙玉墨帶蘇州口音的南京話說：「趙玉墨是哪一個？」

說完這句，她便從座位上站起，側身從前一排人的腰背和後一排人的膝蓋之間擠過去。美麗的下巴頻頻地仰伏，沒人能在這下巴所致的美麗歉意面前抱怨她帶來的不便。

書娟當然無法跟著趙玉墨，也在後背和膝蓋間開山劈路；沒人會繼續為她行方便。她只能是怎麼進來的就怎麼出去。等書娟從法庭內外的聽審者中全身而退，趙玉墨已經沒了。

也就是從那次，我的書娟姨媽堅定了她的信念，無論趙玉墨變得如何不像趙玉墨，她一定會找到她和她十二個姐妹的下落。有些她是從日本記者的記載中找到的，有些是她跟日本老兵聊出來的，最大一部分，是她幾十年在江蘇、安徽、浙江一帶的民間搜尋到的。

她搜集的資料浩瀚無垠。在這個資料展示的廣漠版圖上，孟書娟看到了一九三七年十二月十三日南京亡城時自身的坐標，以及她和同學們藏身的威爾遜教堂的位置。資料給她展示了南京失陷前的大畫面，以及大畫面裡那個驚慌失措的、渺小如昆蟲的生命——

這就是我十三歲的姨媽，孟書娟。

第一章

孟書娟一下子坐起來。緊接著她就發現自己已經站在鋪位旁邊。時間大約是清晨五點多，或者更早些。更早些，至多四點半。她不是被突然啞了的炮聲驚醒的；萬炮齊喑其實也像萬炮齊鳴一樣恐怖。她是被自己下體湧出的一股熱流弄醒的。熱流帶著一股壓力，終於沖出一個決口，書娟就是這時醒的。她的初潮來了。

她赤著腳站在地板上，感覺剛剛還滾熱的液體已經冰冷冰冷。她的鋪位左邊，排開七張地鋪，隔著一條過道，又是七張地鋪。遠近的樓宇房屋被燒著了，火光從閣樓小窗的黑色窗簾透進來，使閣樓裡的空間起伏動盪。書娟借著光亮，看著同學們的睡態，聽著她們又長又深的呼吸；她們的夢裡仍是和平時代。

書娟披上棉袍，向閣樓的門摸去。這不是個與地平線垂直的門，從樓下看它不過是天花板上一個方形的蓋子，供檢修電路或屋頂堵漏的人偶然出入的。昨天書娟和同學們來到威爾遜教堂時，教堂的英格曼神父告訴她們，盡量待在閣樓上，小解有鉛桶，大解再下樓。

方形蓋子與梯子相連，其中有個巧妙的機械關節，在蓋子被拉開的同時，把梯子向下延伸。

昨天下午，英格曼神父和阿多那多副神父帶著書娟和威爾遜女子學校的十六個女學生趕到江邊，準備搭乘去浦口的輪渡。到了近傍晚時分，輪渡從浦口回來，卻突然到達了一批重傷員。重傷員都傷在自己人槍彈下，因為他們在接到緊急撤退命令從前線撤到半途時，卻遭遇到未接到撤退令的友軍部隊的阻擊。友軍部隊便把撤退大軍當逃兵，用機槍掃，用小鋼炮轟，用坦克碾。撤退大軍在撤離戰壕前已遵守命令銷毀了重型武器，此刻在堅守部隊的槍口前，成了一堆肉靶子。等到雙方解除了誤會，撤退部隊已經傷亡數百。堅守軍或許出於內疚，瘋了一樣為吃了他們子彈的傷號在江邊搶船。神父和女學生們就這樣失去了他們的輪渡。

當時英格曼神父認為夜晚的江邊太兇險，有槍的鳴槍，有刀的舞刀，他相信日本兵也不過如此了。於是，他和阿多那多副神父帶隊，教堂雇員阿顧和陳喬治護駕，穿小巷把書娟和同學們又帶回了教堂。他向女學生們保證，等天亮的時候一定會找到船，實在找不到，還剩一條後路，就是去安全區避難。據英格曼神父判斷，南京易守難攻，光靠完好的城牆和長江天險，誰想破城都要花個幾天時間。

孟書娟在之後的幾十年一次次地、驚悚地回想：一九三七年十二月的中國首都南京竟失陷得多快呀！當時已經歷了一大段人生的英格曼神父在自己的微觀格局中誤解了局勢，使他和女學生們錯過了最後的逃生機會。

這是一個致命的錯過，它注定需要一場巨大的犧牲來更正。

十三歲的孟書娟順著閣樓口端的木梯子「嘎吱嘎吱」地下來。她的腳落在《聖經》裝訂工場的地面上，感到黏濕刺骨的十二月包裹上來，除了遠處偶然爆出的幾聲槍響，周圍非常靜，連她自己身體的行進，都跟黑暗發出輕微的摩擦聲。此刻她還不知道這靜靜得不妙，是一座城池放棄掙扎，漸漸屈就的靜。

書娟走在濕冷的安靜中，她的腳都認識從工場這頭到那頭的路。一共二十二張案子，供學生們裝訂《聖經》和《講經手冊》所用。現在跟書娟留在教堂的女同學大多數都是孤兒，只有兩個像書娟這樣，父母因故耽擱在國外和外地。書娟認為這些父母是有意耽擱的，存心不回到連自己政府和軍隊都不想要了的首都南京。

就在書娟赤裸下身，站在馬桶前，好奇而嫌惡地感到腹內那個祕密器官如何活過來，蠕動抽搐，泌出深紅色液體時，完全不清楚威爾遜教堂的高牆外，是怎樣一個瘋狂陰慘的末日清晨。成百上千打著膏藥旗的坦克正在進入南京，城門洞開了，入侵者直搗城池深處。

一具具屍體被履帶軋入地面，血肉之軀眨眼間被印刷在離亂之路上，在瀝青底版上定了影。此刻十三歲的孟書娟只知是一種極致恥辱，就是這注定的雌性經血；她朦朧懂得由此她成了引發各種邪惡事物的肉體，並且這肉體不加區分地為一切妖邪提供沃土與溫床，任他們植根發芽，結出後果。

我的姨媽孟書娟就是在這個清晨結束了她渾沌的女童時代，她兩腿被襠間塞的一塊毛巾隔開了距離；她就是邁著這樣不甚雅致的步子走到外面。哥德式的教堂鐘樓在幾天前被炸毀了，連同教堂朝著街道的大門一塊塌成了一堆廢墟，此後出入都是靠一個小小的邊門。某處的火光襯映著那坍塌的輪廓，淪為廢墟也不失高大雄偉。主樓跟她所在工場相隔一條過道，過道一頭通向邊門，另一頭通往主樓後面的一片草坪。英格曼神父愛它勝於愛自己的被褥，自豪地告訴他的教民，這是南京最後的綠洲。幾十年來供教民們舉行義賣和婚喪派對的草坪上，眼下鋪著一張巨大的星條旗和紅十字旗。草坪一直綿延到後院，若在春夏，綠草浮載著英格曼神父的紅色磚房，是一道入得童話的景觀。東邊起了微弱的紅霞。

這是一個好天。很多年後，我姨媽總是怨恨地想：南京的末日居然是一個好天！

孟書娟邁著被毛巾隔離的兩條腿，不靈便地走回《聖經》工場。爬上樓梯後，她馬上進入夢鄉的和平。

天微亮時，女學生們都起來了。是被樓下爆起的女人哭鬧驚醒的。閣樓有三扇扁長形窗戶，都掛著防空襲的黑窗簾和米字紙條。紙條此刻被女學生們掀開了。從那些小窗可以勉強看到前院和一角邊門。

書娟把右臉蛋兒擠在窗框上，看到英格曼神父從後院奔向邊門，又寬又長的起居袍為他揚著風帆。英格曼神父邊跑邊喊：「不准翻牆！沒有食品！」

一個女學生大著膽子把窗子打開。現在她們可以輪挨著把頭伸出去了，邊門旁的圍牆上坐著兩個年輕女人，穿水紅緞袍的那個，像直接從婚床上跑來的新嫂嫂。另一個披狐皮披肩，下面旗袍一個紐扣也不扣，任一層層春、夏、秋、冬各色衣服乍洩出來。

女孩們在樓上看戲不過癮，一個個爬下梯子，擠在《聖經》工場的門口。

等書娟參加到同學的群落中，牆上坐著的不再是兩個女子，而是四個。英格曼剛才企圖阻攔的那兩個，已經成功著陸在教堂的土地上。連趕來增援的阿顧和陳喬治都沒能擋住這個涕淚縱橫的先頭部隊。

英格曼神父發現工場門口聚著一群竊竊私語的女學生，馬上兇起來，對阿顧說：「把孩子們領走，別讓她們看見這些女人！」他那因停水而被迫蓄養的鬍鬚有半厘米長，所以他看起來陡然增高了輩分。

書娟大致明白了眼前的局面，這的確是一群不該進入她視野的女人。

女孩中有那些稍諳世故的，此刻告訴同學們：「都是堂子裡的。」「什麼是堂子？」「秦淮河邊的窯子嘛！」……

阿多那多副神父從主樓衝出來，跑著喊著：「出去！這裡不收容難民！」他比英格曼神父年輕二十多歲，臉比歲數老，頭髮又比臉老。他名字叫法比，教民們親熱起來，叫他揚州法比。法比地道的揚州話一出口，女人們的哭鬧懇求便突然來了個短暫停頓。然後她們確信自己耳朵無誤，喊出與菜館廚師、剃頭匠一樣字正腔圓的揚州話的，確實是眼前凹眼凸鼻的洋和尚。

一個二十四、五歲的窯姐說：「我們是從江邊跑來的！馬車翻了，馬也驚了。現在城裡都是日本兵，我們去不了安全區！」

一個是十七、八歲的窯姐搶著報告：「安全區連坐的地盤都不夠，就是擠進去，也要當人秧子直直地插著！」

一個渾滾滾的女人說：「美國大使館裡我有個熟人，原來答應我們藏到那裡頭，昨天夜裡又反悔了。不收留我們了！姑奶奶白貼他一場樂呵！」

一個滿不在乎的聲音說：「日他祖宗！來找快活的時候，姐姐們個個都是香香肉！」

書娟讓這種陌生詞句弄得心亂神慌。阿顧上來拉她，她聳開了。她發現其他女孩已經回到閣樓上去了。伙夫陳喬治已得令用木棒制止窯姐們入侵。他左一棒、右一棒地空掄，把哀求退還給女人們：「姐姐們行行好！你們進來也是個死！要麼餓死，要麼乾死。學生們一天才兩頓稀的，喝的是洗禮池的水，行行好，出去吧！……」木棒每一記都落在水門汀地面上和磚牆上，一記記回震著他的虎口和手腕，最疼的是他自己。先上來的女人用石頭把牆頭插的碎酒瓶、爛青花碗茬子敲下去。

那個二十四、五歲的窯姐突然朝英格曼神父跪下來，微微垂頭，於是孟書娟就看見了這個她終身難忘的背影。這是個被當作臉來保養的背影，也有著臉的表情和功用。接下去和這女人相處的時間裡，書娟進一步發現，不僅是她的背；她身上無一閑處，處處都會笑、會怨，會一套微妙的啞語。此刻孟書娟聽著英格曼神父窮盡他三十年來學的中文，在與她論爭，無非還是陳喬治那幾句：糧沒有，水沒有，地盤也沒有，人藏多了安全也沒有。英格曼詞不達意時，就請法比把他的中國話翻譯成揚州中國話。

女人跪著的背影生了根，肩膀和腰卻一直沒有停止表達。

她說：「我們的命是不貴重，不值當您搭救；不過我們只求好死。再賤的命，譬如豬狗，也配死得利索、死得不受罪。」

不能不說這背影此刻是莊重典雅的。說著說著，盤在她後腦勺上的髮髻突然崩潰，流瀉了一肩。好頭髮！

英格曼神父乾巴巴地告訴她，他庇護的女學生中，有幾人的父母是上流人士，也是他教堂多年的施主。他們幾天前都發過電報來，要神父保護她們免受任何方面的侵害。他一一發回電報，以他的生命做了承諾。

法比失去了耐心，還原成揚州鄉親了。他用英文對英格曼神父說：「這種語言現在是沒法叫她們懂的！必得換一種她們懂的語言——陳喬治，讓你演戲臺上的孫猴子呢？打真格的！」

阿顧早就放棄扭送書娟了。此刻他撲出去，打算奪過陳喬治手上做戲舞動的木棒。一個女人墜樓一般墜入阿顧懷抱，差點兒把阿顧的短脖子徹底砸進胸腔。女人順勢往跌倒的阿顧身上一睡，癩癩斑駁的貂皮大衣滑散開來，露出一線淨光的身體。缺見識的阿顧此生只見過一個光身女人，就是他自己的老婆，這時嚇得「啊呀」一聲號叫，以為她就此成了一具骷屍。趁這個空檔，牆頭上的女人們都像雨前田雞一樣紛紛起跳，落進院內。還剩一個黑皮粗壯的女人，從牆外又拽上三、四個形色各異、神色相仿的年輕窯姐。

法比一陣絕望：「還得了啊！秦淮河上一整條花船都在這裡靠岸了！」無論如何他是

神職人員，動粗是不妥的，只能粗在話上。他指著女人們大聲說：「你們這種女人怕麼事啊怕？你們去大街上歡迎日本兵去啊！」

好幾個女人一塊回嘴：「還是洋和尚呢！怎麼這樣講話！」「想罵我們好好罵！這比罵人的話還醜啊！……」

阿顧想從不死不活的女人胳膊裡脫身，但女人纏勁很大，兩條白胳膊簡直就是巨形章魚的鬚，越撕扯纏得越緊。

英格曼神父看到這香豔的洪水猛獸已勢不可當，悲哀地垂下眼皮，叫阿顧乾脆打開門。

書娟看著那個姣好背影慢慢升高，原來是個高挑身材的女子。此刻，被掃得發青的石板地面給這群紅紅綠綠的女人弄汙了一片。女人們的箱籠、包袱、紅粉黃綠的綢緞被蓋也跟著進來了，縫隙裡拖出五彩下水似的髮繩、長絲襪和隱私小物件的帶子。

我姨媽書娟此時並不知道，她所見聞的是後來被史學家稱為最醜惡、最殘酷的大屠殺中的一個細部。這個細部周邊，處處鋪陳著南京市民的屍體，馬路兩邊的排水溝成了排血溝。她還得等許久才知道好歹，知道她是個多幸運的孩子，神父和教堂的高牆為她略去多少血淋淋的圖景和聲響；人頭落地，胸膛成為一眼紅色噴泉時原是有著獨一無二的聲響。

她站在工場門口，思緒突然跑了題：要不是她父母的自私、偏愛，他們怎麼可能在這個時刻單單把她留在這裡，讓這些髒女人進入她乾淨的眼睛？她一直懷疑父母偏愛他們的小女兒，現在她可以停止懷疑了；他們就是偏愛她的妹妹。父親得到一個去美國進修的機會，很快宣告他只能帶小女兒去，因為小女兒還沒到學齡，不會讓越洋旅行耽誤學業。母親站出來聲援父親，說更重要的是想請美國的醫生給小女兒治治哮喘。父母都勸說書娟，一年是很快的，轉眼間就是一家四口的團聚。真是很想得開，早早為受委屈的一方想開了；為承受不公道的大女兒寬諒了他們自己！

遠在寧波鄉下的外婆和外公本來要逃到南京來避難，順便照顧書娟，但一路上兵荒馬亂，往西的水路、陸路都是風險，八百多公里的旅程會是一場生死賭局，再說老人們自知他們的庇護並不強於英格曼神父和他的美國教堂。他們在電報裡還惦記書娟的功課，跟同學們一道，好歹不會荒了學業。

書娟在不快樂的時候總會想到些人去怨怪，她心裡狠狠怨怪著父母，甚至妹妹書嫚，眼睛卻進一步張大了：這個妖精是怎麼了？死在阿顧懷裡了！貂皮大衣的兩片前襟已徹底敞開！灰色的清晨白光一閃，一具肉體妖形畢露，在黑色貂皮中像流淌出來的一灘不新鮮的牛奶。她趕緊縮回門裡。

站了很久，書娟臉上的臊熱才褪下去。這種不知臊的東西要十個書娟來替她害臊。

書娟逃一樣攀爬梯子，回到閣樓上。女孩們還擠在三個小窗前面。所有米字形紙條都被揭下來，黑色窗簾全然撩開，三個扁長窗口成了女孩們的看戲包廂。樓下的局面已不可收拾，女人們四處亂竄，找吃的、找喝的、找茅房。一個窯姐叫另一個窯姐扯起一面墨綠色上等絲絨斗篷，對洋和尚們抱歉說，一夜都在逃命，不敢找地方方便，只好在此失體統一下了。說著她謝幕一般消失在披風後面。

法比用英文叫喊：「動物！動物！」

英格曼神父活了近六十年，光是在中國就經歷過兩場戰亂：北伐、軍閥，可他從來不必目睹如此不堪的場面，不必忍受如此粗鄙低賤的人等。神父有個次要優點，就是用他的高雅戰勝粗鄙，於是對方越粗鄙，他也就越高雅；最終達到雅不可耐，正如此刻，他用單調平穩的嗓音說：「請你克制，阿多那多先生。」然後他扭過臉，對著窯姐們，包括那個剛從綠絨斗篷後面再次出場，兩手束著褲帶一臉暢然的窯姐，咬文嚼字地說：「既然諸位小姐要進駐這裡，作為本堂神父，我懇求大家遵守規矩。」

法比用一條江北嗓門喊出英語：「神父，放她們進來，還不如放日本兵進來呢！」他對兩個中國雇工說：「死活都給我攆出去！看見沒有？一個個的，已經在這裡作怪了！」

腰身圓潤的窯姐此刻叫了一聲：「救命啊！」

人們看過去，發現她不是認真叫的，目光帶一點無賴的笑意。

「這個騷人動手動腳！」她指著推搡她的阿顧說。

阿顧吼道：「哪個動你了?!」

「就你個擋炮子的動老娘了！」她把胸脯拍得直哆嗦。

阿顧反口道：「動了又怎樣？別人動得我動不得？」

人們看出來，阿顧此刻也不是完全認真的。

「夠了。」英格曼神父用英文說道。阿顧卻還沒夠，繼續跟那個窯姐吵罵。他又用中文說：「夠了！」

其實英格曼神父看出陳喬治和阿顧已暗中叛變，跟窯姐們正在暗中裡應外合。

法比說：「神父，聽著……」

「請你聽著，放她們進來。」英格曼神父說。「至少今天一天讓她們待在這裡，等日本人的占領完成了，城市的治安責任由他們擔當起來，再請她們出去。日本民族以守秩序著稱，相信他們的軍隊很快會結束戰鬥的混亂狀態。」

「一天不可能結束混亂狀態！」法比說。

「那麼，兩天。」

英格曼神父說著轉過身，向自己居處走去。他的決定已經宣布了，因此他不再給任何人討論的餘地。

「神父，我不同意！」法比在他身後大聲說。

英格曼神父停下來，轉過身，又是雅不可耐了。他淡淡地回答法比：「我知道你不同意。」然後他再次轉身走去。他沒說的話比說出的話更清楚：「你不同意要緊嗎？」這時候英格曼神父以高雅顯出的優勢和權威是很難挑戰的。法比．阿多那多生長在揚州鄉下，是一對義大利裔美國傳教士的孩子，對付中國人很像當地大戶或團丁，把他們看得賤他幾等。英格曼神父又因為法比的鄉野習氣而把他看得賤他幾等。

一個年少的窯姐此刻正往《聖經》工場跑，她看見閣樓上露出女學生們的臉，認為跑進那裡一定錯不了，至少溫暖舒適。法比從她後面一把扯住她。她一個水蛇扭腰，扭出法比的抓握。法比又來一下，這次抓住了她挎在肩上的包袱。包袱是粗布的，不像她身上的緞袍那麼滑溜，法比的手比較好發力，這樣才把她拖出工場的門。只聽一陣稀里嘩啦的響聲，包袱下雹子了，下了一場骨牌雹子。光從那擲地有聲的脆潤勁，也能聽出牌是上乘質地。

粗皮黑胖的窯姐叫喊：「豆蔻，丟一個麻將我撕爛你的大胯！」

叫豆蔻的年少窯姐喊回去：「大胯是黑豬的好！連那黑×一塊撕！」

法比本來已經放了豆蔻，可她突然如此不堪入耳，恐怕還要不堪入耳地住下去，他再次撲上去，把她連推帶搡往外轟。

「出去！馬上滾！阿顧！給她開門！」法比叫著。大冬天臉錚亮，隨時要爆發大汗似的。豆蔻說：「哎，老爺是我老鄉吔！……」她腳下一趔趄，嗓音冒了個調：「求求老爺，再不敢了！……」

她渾沌未開的面孔下面，身體足斤足兩，怎麼推怎麼彈回來：「老爺你教育教育你小老鄉我啊！我才滿十五吔！……玉墨姐姐！幫我跟老爺求個情嘛！」

叫玉墨的窯姐此刻已收拾好自己的行李、細軟，朝糾纏不清的豆蔻和法比走過來，一邊笑嘻嘻地說：「你那嘴是該衛生衛生！請老爺教育還不如給你個衛生球吃吃。」她在法比和豆蔻之間拉了一會兒偏架，豆蔻便給她拉到她同伴的群落裡去了。

阿顧從良家男子變成浪蕩公子只花了二十分鐘。此刻他樂顛顛地為窯姐們帶路，去廚房下面的倉庫下榻。窯姐們走著她們的貓步，東張西望，對教堂裡的一切評頭論足，跟阿顧走去。

伏在窗臺上的書娟記住了，那個背影美妙的窯姐叫趙玉墨。從剛才的幾幕她還看出，趙玉墨是窯姐中的主角，似乎也是頭目。之後她了解到，這叫「掛頭牌的」。南京秦淮河上的窯姐級別森嚴，像博士、碩士、學士一樣，一級是一級的身分、水平、供奉。並且這些等級是公眾評判的。在這方面，南京人自古就是非模糊，一代代文人才子都謳歌窯姐，從秦淮八豔到賽金花，都在他們文章裡做正面人物。十三歲的孟書娟不久知道，趙玉墨是她們行當中級別最高的，等於五星大將。也如同軍階，秦淮花船上的女人都在服務時佩戴星徽，趙玉墨的徽章有五顆星，客官你看著付錢，還可以默數自家口袋裡銀兩提前掂量，你玩得起玩不起。

第二章

晨祈時槍聲響了。似乎城市某處又開闢出一片戰場，槍聲響得又密又急。所有的女孩都一動不動，似乎想挺一挺，把槍聲引起的不祥和焦慮挺過去。

中午，去安全區籌糧的法比回到教堂，糧沒拉回來，壞消息帶回來了。馬路上中國人的屍體有三、四歲的，也有七、八十歲的，一些女人是赤著下身死的。炸彈在路面上炸出的坑窪和壕溝，都用屍首去墊平。凡是聽不懂日語呵斥的，凡是見了槍就掉頭跑的，當場便撂倒，然後就作為修路材料去填溝坎。學生們早上聽到的、那陣長達半小時的射擊，安全區的國際委員們懷疑是日本軍隊在槍決淩晨投降的中國軍人。法比說完，對女孩們強笑一下，又看一眼英格曼神父，他的意思是，神父的判斷出錯了，這樣的血腥局勢一兩天之內怎麼會回歸秩序呢？

這是午餐時間，原先供神職人員用餐的長餐桌兩邊擠坐著十六個女學生。英格曼神父自從女孩們入住教堂，就招呼陳喬治把他的兩餐麥片粥或湯麵送到自己寓所，他相信威嚴要靠距離和隔膜來維持；和女學生之間，至少要隔一塊草坪的距離。但這天他一聽說法比・阿多那多從安全區回來了，便放下麥片粥跑過來。

「所以，糧食和水是最致命的問題。因為我們收留了十幾位女士。」法比說。

「喬治，」英格曼開口問道，「我們還有多少糧食？」

陳喬治說：「還有一擔麵粉，米只有一升不到。水就是洗禮池那一點……嗯，不過還有兩桶酒。」

法比瞪了陳喬治一眼，難道酒可以洗臉、洗澡、洗衣？難道酒能泡茶，能當水煮飯下麵？盡講些不相干的屁話！

二十歲的陳喬治也委屈地回敬法比一眼，水少了大人你可以多喝點酒，反正你喝酒跟喝水似的。

英格曼神父居然說：「比我想像得好。」

「一擔麵粉這麼多人？兩天就喝西北風去！」法比發著小脾氣對陳喬治說，怎麼辦呢？他又不能對神父發脾氣，把該神父聽的惱火語言讓陳喬治受去，所有人受不了的氣都會讓二十歲的孤兒陳喬治受。

陳喬治接著英格曼神父的話說：「唉，還有呢！還有一點哈了的黃油，大人你叫我扔掉，我沒捨得！還有一罈子醃菜，長了點綠毛，有一點點臭，吃吃還蠻好的！」這些話他說出來既是表功，也是拍馬屁，還是給神父鼓勁。

「兩天之後，局勢一定會平穩下來的。相信我。我去了日本好幾次，日本人是世界上最多禮、最溫和的人，他們不允許花園裡有一根無秩序的樹枝。」英格曼神父說道。

學生們雖然從童年就接受英文教育，但是聽英格曼神父的英文她們常常會漏掉詞彙，他的聲音太有感染力了，足夠她們忘懷，因此，把具體詞彙就錯了過去。

英格曼神父剛走，從廚房裡發出翻箱倒櫃的聲音。

陳喬治一面問：「哪一個？」一面急著往廚房去。

兩秒鐘之後，書娟便聽到女人的聲音說：「都吃完了呀？」

陳喬治說：「這裡還有點餅乾……」

也不知怎麼，聽了這句話，女學生們都向廚房跑去。書娟跑在第一。這個陳喬治剎那做了叛徒，把她們名分下那點食物叛賣出去了。餅乾是喝湯時用的，越來越稀寡的湯麵沒有餅乾毫不經餓，只是騙騙嘴巴。

書娟看見三、四個窯姐收拾得溜光水滑，好像這裡有她們的生意可做。為首的那個叫紅菱，滾圓但不肥胖，舉動起來潑辣，神色變得飛快，拔成兩根線的眉毛告訴人們別惹她。

「陳喬治，你怎麼把我們的餅乾給她們吃？」書娟問道，「她們」二字不是說出來的，是罵出來的。

陳喬治說：「她們來要的！」

「要你就給啊？」蘇菲說。蘇菲是孤兒，所以教會學校老師給她起個洋名字「蘇菲」，她只能認下來。

「哎喲，還護食呢！」黑皮窯姐笑道。

「先借你們點吃吃，明天餛飩擔子就挑出來了，買三鮮餛飩還你們，啊？」紅菱說。

「陳喬治，你聾啦？」書娟大聲說。她此刻也不好惹。長到十三歲所有的不隨心、不如意都在這一刻發作，包括她父母的偏心眼，把她當「狗剩兒」扔在沒吃沒喝的半塌的教堂院子裡，還讓這個吃裡扒外的陳喬治背叛，讓這些邪女人欺負……

「不管他的事，是我們自己找到餅乾的……」紅菱說，她那兩根細眉彎如一對新月。

「呸，我跟你說話了嗎？你也配搭我的腔？」孟書娟拿出抬手專打笑臉人的態度。

連女學生都為書娟不好意思了，小聲叫她：「算了，算了。」

紅菱眼睛上面的兩根線剎那間打了死結，張口便是：「給臉不要臉的小×！……」要不是後面伸出一隻手來，捂在紅菱嘴上，紅菱下面的話或許可以讓這群女孩在男女性事上徹底啟蒙。

捂住她嘴的是趙玉墨。廚房裡的吵罵地下倉庫裡都能聽見，所以她趕上來把紅菱的汙言穢語堵回去。

窯姐們回到她們的棲身處之後，好長一段時間，孟書娟都悶頭悶腦地坐在那裡。她氣得渾身虛弱，一百句羞侮這群女人的話在她心胸裡憋著。她恨自己沒用，為什麼當場沒想出那麼精彩的殺傷性語言，及時把它們發射出去。

所有同學回到閣樓上去了，書娟還在那裡想不開。她坐到黃昏都進入了室內，坐到自己腹內劇痛起來。沒有人告訴過她，這樣可怕的疼痛會發生；這本應該是母親的事，而母親現在缺席。隔著地板，她能聽見地下室的聲音：打麻將、彈琵琶、打情罵俏；是的，慣於打情罵俏的女人在沒有男人的時候就跟女人打情罵俏。

坐在昏暗中的孟書娟聽著外面槍響不斷。短命的日本人把仗打到南京，把外婆外公打得消息全無，把父母和妹妹打得不敢回國，把一幫短命窯姐打到英格曼神父「最後一片綠洲」上來了，書娟實在太疼痛、太仇恨了，咬碎細牙，恨這個恨那個，恨著恨著恨起了自己。她恨自己是因為自己居然也有地下室窯姐們的身子和內臟，以及這緊一陣、慢一陣的腹痛和滾滾而來的骯髒熱血。

下午英格曼神父也出去了一趟。陳喬治開車載著他往城內走了一兩公里，就退了回來。他們不認識這個南京了；倒塌的樓房和遍地的橫屍使陳喬治幾次迷路。在接近中華門的一條小街上，他們看見日本兵押解著五六百個中國士兵向雨花臺方向走，便停下車。英格曼神父乍起膽子，客氣地向帶隊的日本軍官打聽，要把戰俘們押到哪裡去。隨行的翻譯把他的意思轉達過去後，軍官告訴他：讓他們開荒種地去。他臉上的表情卻告訴你：他才不指望你相信他的鬼話。英格曼回到教堂，晚餐也沒有吃，獨自在大廳裡坐了一小時，然後把所有的女學生們召集到他面前，把下午他看到的如實告訴了她們，他溫厚地看看法比，說自己早晨的判斷太樂觀，看來法比是正確的，在找到新糧源、水源之前，保證這三十多人不餓死、渴死，是他最大的抱負。他叫陳喬治再搜一遍倉庫，看看還能找到什麼，過期的、發臭的、長毛的都算數。

神父沒有說完，側門口冒出幾個窯姐。她們擠在那裡，看看大廳裡有什麼好事，有了好事是否有她們的份。一看女生們個個沉臉垂頭，都不想有份了，一個個掉頭出去，但法比叫住了她們。

「以後你們就躲在自己的地方，不要上來。特別是不要到這裡來。」法比說。

「這裡是哪裡？」一個窯姐還是沒正經。

「這裡就是有學生的地方。」法比說。

英格曼神父突然說：「大概是永嘉肥皂廠著火了。肥皂廠存的油脂多，火才這麼大。」

跟著他的目光，所有人看見剛才已經暗下去的黃昏，現在大亮。書娟和同學們跑到院子裡，火光照亮了教堂主樓上倖存下來的玻璃窗，由五彩玻璃拼成的聖母聖嬰像在米字形紙條下閃動如珠寶。女孩們呆子一樣看著如此瑰麗的恐怖。

火光給了人們極好的卻詭異的能見度。被照得通明的地面和景物在這樣的能見度中沉浮。

阿顧和陳喬治判斷火光的來源，認為起火的只能是五條街外的永嘉肥皂廠，法比讓女孩們立刻回閣樓上去。這是個隨時會爆發危機的黃昏。

女孩們離開後，叫紅菱的窯姐叼著煙捲在《聖經》工場門口打轉。

「你這是要去哪裡？」法比大聲說。

紅菱低頭彎腰尋覓什麼，被法比嚇了一跳，煙頭掉在地上。她撅起滾圓的屁股，把煙頭撿起來。

「東西丟了，不讓找啊？」她笑嘻嘻的。

「回你自己的地方去！」法比切斷他們間對話的可能性，「不守規矩，我馬上請你出去！」

「你叫揚州法比吧？」紅菱還是嬉皮笑臉，「老顧告訴我們的。」

「聽見沒有，請你回去！」法比指指廚房方向。

「那你幫我來找嘛，找到我就回去。看看你是個洋老爺，一開口是地道江北泥巴腿。」她笑起來全身動，身子由上到下起一道浪。

書娟和女同學們現在都在閣樓上了，三個窗口擠著十六張臉。十五張臉上都是詫然，只有書娟以惡毒的目光看著這個下九流女人如何裝痴作憨，簡直就是一塊怎麼切怎麼滾的肉。

「法比也不問問人家找什麼。」紅菱一嘟嘴唇。

「找什麼？」法比沒好氣地問。

「麻將牌。剛才掉了一副牌在這裡，蹦得到處都是，你還記得吧？撿回去一數，就缺五張牌！」

「國都亡了，你們還有心思玩？」

「又不是我們玩亡的。」她說，「再說我們在這裡不玩幹什麼？悶死啊？」

紅菱知道女孩子們都在看她唱戲，身段念白都不放鬆，也早不是來時的狼狽了，一個頭就狠花了心思梳理過，還束了一根寶藍色緞髮帶。

窯姐中的某人把趙玉墨叫來了。五星級窯姐遠遠就對紅菱光火：「你死那兒幹什麼？

人家給點顏色，你還開染坊了！回來！」她說話用這樣的音量顯得吃力，一聽就不是個習慣破口叫罵的人。

「你們叫我來找的！說缺牌玩不起來！」紅菱抱屈地說。

「回來！」玉墨又喊，同時上手了，揪著紅菱一條胳膊往回走。

紅菱突然抬起頭，對窗口扒著的女孩們說：「你們趁早還是出來！」

沒人理她。

「你們拿五個子玩不起來，我們缺五張牌也玩不起來。」紅菱跟女孩們拉扯起生意來了。女孩們你看看我我看看你。有一個膽大的學她的江北話：「……也玩不起來……」一聲哄笑。

法比呵斥她們：「誰拿了她東西，還給她！」

女孩們七嘴八舌：「哪個要她的東西？還怕生大瘡害髒病呢！」

紅菱給這話氣著了，對她們喊：「對了，姑娘我一身的楊梅大瘡，膿水都流到那些骨牌上，哪個偷我的牌就過給哪個！」

女孩們發出一聲作嘔的呻吟。有兩個從窗口吐出唾沫來，是瞄準紅菱吐的，但沒有中靶。

玉墨拖著紅菱往廚房去。紅菱上半身和兩條腿擰著勁，腳往前走，上身還留在後面和女孩們叫陣：「曉得了吧？那幾個麻將牌是姑娘我專門下的餌子，專門過大癮給那些手欠的，撿了東西昧起來的！……」她嘎嘎地笑起來，突然「哎喲」一聲，身體從玉墨的捉拿下掙脫，指著玉墨對站在一邊看熱鬧的陳喬治說：「她掐我肉哎！」似乎陳喬治會護著她，因此她這樣嬌滴滴地告狀。

女學生們戀戰，不顧法比的禁令，朝眼看要撤退的窯姐們喊道：「過來吧！還東西給你！」

紅菱果然跑回來。閣樓窗口上一模一樣的童花頭下面，是大同小異的少女臉蛋兒，她朝那些臉蛋兒仰起頭，伸出手掌：「還給我啊！」

叫徐小愚的女學生說：「等著啊！」

趙玉墨看出了女學生居心不良，又叫起來：「紅菱你長點志氣好不好？」她叫遲了一步，從三個窗口同時扔下玩遊戲的豬拐骨頭，假如她們的心再狠一點、手再準一點，紅菱頭上會起四、五個包，或者鼻梁都被砸斷。

法比對女孩們吼道：「誰幹的！……徐小愚，你是其中一個！」

但孟書娟此刻推開其他同學，說：「不是小愚，是我。我幹的。」

玉墨仔細看了書娟一眼，看得書娟脊梁骨一冷。假如被鬼或者蛇對上眼，大概就是這種感覺。

紅菱不依不饒，一定要法比懲辦小兇手。

玉墨對她說：「算了，走吧！」

紅菱說：「憑什麼算了？」

紅菱露出她的家鄉話。原來她是北方人，來自淮北一帶。

玉墨說：「就憑人家賞你個老鼠洞待著。就憑人家要忍受我們這樣的人，就憑我們不識相、不知趣給臉不要臉。就憑我們生不如人，死不如鬼，打了白打，糟蹋了白糟蹋。」

女孩們愣了。法比一臉糊塗，他雖然是揚州法比，雖然可以用揚州話想問題，但玉墨的話他用揚州思維也翻譯不好。多年後書娟意識到玉墨罵人罵得真好，她罵了女孩、罵了法比，也罵了世人，為了使女孩們單純、潔淨從而使她們優越，世人必須確保玉墨等人的低賤。

第三章

晚上，火光更亮了，亮得女孩們都無法入睡，書娟旁邊是徐小愚的鋪，徐小愚的父親是江南最大富翁之一。他的買賣做到澳門、香港、新加坡、日本。南京抵制日貨的時候，她父親把日本貨全部換了商標，按國貨出售，一點都沒有折本。他跟葡萄牙人做酒生意，成噸的紅、白葡萄酒都是他用廉價收購的生絲換的。威爾遜教堂做彌撒用的紅酒，也都是他捐贈的。一九三七年十二月十三日這天夜晚，藏在地下室倉庫裡的秦淮河女人們喝的，正是徐小愚父親捐的紅酒。

對徐小愚父親徐智仁的研究，我比我姨媽要做得徹底，因為，在我正寫的這個故事裡，他將要跑個龍套。現在還不是他出場的時候。徐小愚和孟書娟的關係很微妙，今天兩人是至好，明天又誰也不認識誰。徐小愚是個漂亮女孩，好像不明白漂亮女孩容易傷害人，最容易傷害的是欣賞她、羨慕她、渴望她友誼的女孩。我姨媽書娟就是這麼個女孩。書娟易受小愚的傷害，還因為她暗暗不服小愚，因為她功課拔尖，長相也算秀美，但有了小愚就永無書娟的出頭之日，這樣的一對女孩，往往有著被虐和施虐的關係，並且被虐一方和施虐一方常常互換位置。

小愚把一條胳膊搭在書娟腰上，試探她是否睡著了，書娟覺得馬上反應不夠自尊，因為小愚昨天是蘇菲的密友，今天傍晚小愚用豬拐骨砸那個叫紅菱的窯姐，書娟存心替她擔當了罪責，就是要小愚為自己的變心而自責。果然，書娟一舉把小愚的心征服了。小愚在自己的胳膊上增加壓力，書娟動了一下。

「你醒了？」小愚耳語。

「幹什麼？」書娟假裝剛醒。

小愚趴在書娟耳邊上說：「你說哪一個最好看？」

書娟稍微愣了一下，明白小愚指的是妓女們，她其實誰也沒看清；不屑於看清，除了叫玉墨的那個女人的脊梁。但她不想掃小愚的興；剛彌合的友情最是甜蜜、嬌嫩的。「你看呢？」她反問，同時翻身把臉對著小愚。

「那我們再去看看。」小愚說。

原來女孩們都一樣，對花船上來的下九流女人既嫌棄又著魔，她們一想到她們靠兩腿間那絕密部位謀生，女孩們就臉紅地「啊喲！」一聲，藏起她們莫名的體內騷動。罪過原來是有魅力的，她們不敢想、不能幹的罪過事物似乎可以讓這些做替身的去幹。

書娟和小愚悄悄來到了院子裡，火光把院子裡照得金黃透明。草坪中央蒼老的美國山核桃樹頂著巨大樹冠，光禿禿的枝丫抓向天空，如同倒植的樹向金黃夜晚紮根，一股奇怪的焦臭在氣流裡浮動。

兩個女孩站在院子裡，忘了偷跑出來要幹什麼。好像單為了看看英格曼神父的紅磚小樓是否還在那兒。又好像單為了看看法比的臥室窗口是否還亮著燭光。然而，琵琶彈奏的音符敲醒了她們。

地下倉庫的天花板高度正達書娟的大腿。沿著廚房往後走，就會看見倉庫的透氣孔。一共三個透氣孔，上面罩的鐵網生了很厚的鏽。透氣孔現在就是書娟和小愚的窺視口。

琵琶彈奏聲是從豆蔻手指下發出的。豆蔻生得小巧玲瓏，桃子形的臉，遮去她下半個臉來看，她整天都眉開眼笑，遮去她上半個臉，她整天都在賭氣，人家借她米還她稻似的。不管怎樣，豆蔻是個美人，若不是這副賤命，足以顛倒眾生。兩個女孩通過窺視口進行的選美，初選結果已決出。

倉庫已經不是倉庫了，是一條地下花船，到處鋪著她們的紅綠被褥、狐皮貂皮，原先掛香腸火腿的鉤子空了，上面包上了香煙盒的錫紙，掛上了五彩繽紛的絲巾、紗巾、乳罩、兜肚……四個女人圍著一個酒桶站著，上面放著一塊廚房的大案板，「稀里嘩啦」地搓麻將。看來缺五張牌並沒有敗她們的玩興。每人面前還擱著一個碗，裝的是紅酒。

「喃呢！你讓我打一圈吧？」豆蔻說。

喃呢用塗蔻丹的手指扒拉一下右眼的下眼皮。這個啞語女孩們都懂：少妄想吧；你眼巴巴看著吧！

「哎喲，悶死了！」豆蔻說。拿起喃呢的酒碗喝了一大口酒。

「那你去洋和尚那裡討兩本經書來念念。」玉墨逗她地一笑。

「我跑到洋廟的二層樓上，偷偷看了一下上面有什麼。」紅菱說，「都是書！揚州法比住在那間大書房隔壁。」

「我也看到了。能拿書去砌城牆了！」黑皮女人說。

「玉笙跟我一塊上去看的。」紅菱說。

兩個女孩對看一眼，又看看叫玉笙的女人，那麼個黑皮還「玉」呢！

「那麼多經書讀下來，我們姐妹們就進修道院吧！」紅菱說著，推倒一副牌，她胡了。

小釤、角子都讓她扒拉到自己面前。

「去修道院蠻好的，管飯。」玉墨說。

「玉笙，你那大肚漢，去當姑子吃舍飯划得來。」喃呢說。

「姑子要有講洋話的洋和尚陪，才美呢。」紅菱笑嘻嘻地說。

「修道院裡不叫姑子吧，玉墨？」

「叫什麼都一樣，都是吃素飯、睡素覺。」玉墨說。

「吃素飯也罷了，素覺難睡喲，玉笙！」

說著大家哄起一聲大笑。玉笙抓起一把骨牌向紅菱打去。大家笑得更野，說紅菱今天為麻將挨了第二次打，以後非死在麻將下面。玉笙和紅菱在倉庫磕磕絆絆地到處追殺。玉笙說：「紅菱你別急，明晚上就讓你嘗洋葷，姐姐我去給那個揚州洋和尚扯個皮條，你明晚就不用睡素覺了！」

紅菱做了一個手勢，兩個女孩不懂，但馬上明白那是個很下流的手勢，因為窯姐們笑翻了，玉笙笑得直揉圓滾滾的肚子。

玉墨心不在焉地看著她們鬧，自己獨自坐在一個臥倒的木酒桶上，一手煙一手酒。

兩個女孩看久了，對剛才初步評選的第一美人改了看法。趙玉墨在她們眼裡每分鐘都更好看一點；她不是豔麗佳人，但非常耐看，非常容易進入人的記憶。她頭髮特別厚實，鬆散開來顯得太重，把那張臉壓小了。臉盤說不上方，也不說上圓，小小的、短短的，下巴前翹，所以她平端著那張臉時，也是略微傲氣的，是那種「你瞧不起我，我還瞧不起你呢」的傲氣。她眼睛又黑又大，總是讓你琢磨，她看見了什麼你沒看見的東西，值得她那麼凝神。她的嘴巴是這張臉的弱項，薄而大，苦相而饒舌的一張嘴，讓人驚訝，長這麼一張嘴的人居然惜語如金。從這樣的嘴巴看，她還是精刮、刻薄的女人，可以翻臉無情。最優長的一點，是這個趙玉墨絲毫沒有自輕自賤、破罐破摔的態度，可以想像她是大戶人家的姨太太或大少奶奶，也可以把她當明星放到國片的廣告上。她也跟清晨剛來時不同了，換了件碎花棉布長旗袍，陰丹藍色為主色，套了一件白色厚絨線開襟外套，胸前吊著兩個做裝飾的大絨球。她好識時務啊，在女學生的領土上把自己的風塵味蛻得一乾二淨。是求生還是求得平等的願望導致她這樣地偽裝，書娟不得而知。

第四章

第二天上午，地下室的女人們沒一點兒動靜。陳喬治給她們送粥，也叫不醒她們。到了下午一點鐘，她們一個個出現在廚房裡和餐廳裡，問為什麼沒飯給她們吃。她們已餓軟了腿。

法比看到自己的禁令對她們毫不生效，便把玉墨叫到餐廳，擒賊先擒王。

「我是最後一次警告你們，再出來到處跑，你們就不再受歡迎。」

玉墨先道了歉，然後說：「我明白我們不受歡迎。不過她們是真餓了。」

女人們張張望望地漸漸圍攏到餐廳門口。看看自己的談判代表是否盡職，是否需要她們助陣幫腔。她們十四個姐妹湊在一塊，口才、武力、知識能湊得很齊全。

「吃飯的問題我過一會兒講。先把我做的規矩再跟你們重複一遍。」法比說。

他努力想把揚州話說成京文，逗壞了幾個愛笑的窯姐。

「那你先講上茅房的事吧！」喃呢說。

「不讓吃，還不讓拉呀！」豆蔻說。

「就一個女茅廁，在那裡面，」紅菱指指《聖經》工場，「小丫頭們把門鎖著，鑰匙揣著。我們只能到教堂裡方便。」

「教堂裡的廁所是你們用的嗎？」法比說，「那是給做彌撒的先生、太太、小姐、少爺用的！現在抽水馬桶又沒有水，氣味還得了？」

玉墨用大黑眼珠罩住法比，她這樣看人的時候小小的臉上似乎只剩了一對大眼，並且你想躲也躲不開它們。法比跳了三十五年的心臟停歇了一下。他不知道，男人是不能給趙玉墨這樣盯的，盯上就有後果。

「副神父，她們可以自重，常常是給逼得不自重。」玉墨說。她還是把自己和門口那群同事或姐妹劃分清楚，要法比千萬別把她看混了，佩五星徽章的窯姐在和平時期你法比這樣的窮洋僧連見都見不起。

法比再開口，明顯帶著玉墨「盯」出來的後果。他降了個調門背書一樣告訴玉墨，上廁所的麻煩，他已經吩咐阿顧幫助解決了。阿顧和陳喬治在院子裡挖了個臨時茅坑，再給她們兩個鉛皮桶，加上兩個硬紙板做的蓋子，算作臨時馬桶，等臨時馬桶滿了，就拎到後院倒在臨時茅坑裡。但他規定她們倒馬桶的時間必須在清早五點之前，避免跟女學生們碰見，或者跟英格曼照面。

「清早五點？」紅菱說，「我們的清早是現在。」

她抬起肉乎乎的手，露出小小的腕錶，上面短針指在午後一點和兩點之間。

「從現在起，你們必須遵守教堂的時間表，按時起居，按時開飯。過了開飯時間，就很對不起了。女學生們都是從牙縫裡省出糧食給你們的，你們不吃，她們總不見得讓麵條泡爛浪費。」法比說著說著，心裡想，怪事啊，自己居然心平氣和地在跟這個窯姐頭目對談呢！

「喲，真要入修道院了！」紅菱笑道。

女人們都知道這話的典故，都低聲跟著笑。她們的笑一聽就曖昧，連不諳男女之道的法比都感到她們以這種笑在吃自己豆腐。「安靜，我還沒說完！」法比粗暴起來，一部分是衝自己粗暴的，因為自己停止了對她們粗暴。

玉墨扭過頭，用眼色整肅了一下同伴們的紀律。笑聲停止下來。

「一天開幾餐呢？」豆蔻問。

「你想一天吃幾餐呢，小姐？」他下巴抬起、眼皮下垂，把矮個子的豆蔻看得更矮。

「我們一般都習慣吃四餐，夜裡加一餐。」豆蔻一本正經地回答。

紅菱馬上接話：「夜裡簡單一點就行了，幾樣點心、一個湯、一杯老酒，就差不多了。」她明白法比要給她們氣死了。她覺得氣氣他很好玩。她的經驗裡，男人女人一打一鬥，反而親得快，興致就勾起來了。

喃呢問：「能參加禮拜嗎？」

紅菱拍手樂道：「這有一位要洗心革面，重新做人的！其實她是打聽，做禮拜一人能喝多少紅酒，別上當啊，她能把你們酒桶都喝通！」

「去你奶奶的！」喃呢不當真地罵道。

玉墨趕緊遮蓋彌補，對法比說：「副神父大人，如果不是你們仁慈，收留了我們，我們可能已經橫遭劫難。」她一面說著，那雙黑而大的眼睛再次盯住法比，讓他落進她眼裡，往深處沉。「戰亂時期，能賞姐妹們一口薄粥，我們就已經感激不盡。也替我們謝謝小姑娘們。」

有那麼一會兒，法比忘了這女人的身分，覺得自己身處某個公園，或玄武湖畔，或中山路法國梧桐林蔭中，偶遇一位女子，不用打聽，一看她就是出自一個好背景。雖然她的端莊有點過頭，雅靜和溫柔是真的，話語很上得檯面，儘管腔調有些拿捏。

法比原想把事情三句併作兩句地講完，但他發現自己竟帶著玉墨向教堂後面走去。玉墨是個有眼色的人，見女伴們疑疑惑惑地跟著，就停下來，叫她們乖一點，趕緊回地下室去。法比剛才說的是「請你跟我來」，並沒有說「請你們跟我來」。

教堂主樓後面有個長方形水池，蓄的水是供受洗用的。池子用白色雲石雕成，池底沉著一層山核桃落葉，已經漚成鏽紅色。上海失陷後，人們操心肉體生命多於精神生命，三個月中居然沒有一人受洗。法比指著半池微帶茶色的水說：「我就是想讓你來看看這個。從你們來了之後，水淺下去一大截。能不能請你告訴她們，剩下的水再也不能偷去洗衣服、洗臉。」

法比在心裡戳穿自己：你用不著把她單獨叫到這裡來警示她。你不就想單獨跟她多待一會兒，讓她再那樣盯你一眼，讓你再在她的黑眼睛裡沉沒一次？這眼睛讓法比感到比戰爭還要可怕的危險。但願牆外戰爭的危險截止在明天或後天，那麼這內向的、更具有毀滅性的危險也就來不及發生。

「好的，我一定轉達副神父大人的話。」玉墨微微一笑。

她笑得法比嚇死了，他自己沒搞清的念頭她都搞清了，並以這笑安慰他：沒關係，男人嘛，這只能說明你是血肉之軀。

「假如三天之內，自來水廠還不開工，我們就要給旱死了。旱得跟這片枯草似的。」

法比用腳踩踩枯得發了白的冬天草地。他發現自己的話有點酸，但沒辦法，他也沒想那麼說話。

玉墨說：「這裡原先有一口井，是吧？」

法比說：「那年的雪下得太大，英格曼神父的小馬駒踏空了，前蹄掉進去，別斷了。神父就讓阿顧把井填了。」

玉墨說：「還能再挖開嗎？」

法比說：「不知道。那費的事就大了。把這半池子水喝乾，自來水還能不來？」他心裡警告自己，這是最後一句話，說完這句，再也不准另起一行。

玉墨連他心裡這句自我警告都聽到了，微笑著，一個淺淺鞠躬，同時說：「不耽誤你了。」

「要是情況壞下去，還不來水，真不知道怎麼辦了。」法比看見自己莫名其妙的另起一行留住了玉墨。他希望玉墨把它當成他情不自禁冒出的自語，只管她告辭，但她還是接住了這句話，於是又扯出一個回合的對白。

「不會的。真那樣的話就出去擔水，我們逃過來的時候，看見一口水塘，就在北邊一點。」她說。

「我怎麼不記得有水塘？」他想，這是最後的、最後一句話，無論她接什麼話，他也不應答了。

「我是記得的。」她又那樣痴情地一笑。男人都想在她身邊多賴一會兒，何況這麼個孤獨的男人。她第一眼就看出法比有多麼孤獨。誰都不認他，對生他的種族和養他的種族來說，他都是異己。

法比點點頭，看著她。話是不再扯下去了，可是目光還在扯。這是他自己沒有意識到的。玉墨轉身走去。法比也發現她的背影好看，她渾身都好看。

走了幾步玉墨又停住，轉過身：「我們昨晚打賭，說中國人和洋人幹架，你會站在哪邊？」

法比問：「你說呢？」

玉墨笑著看了他一會兒，走了。

法比突然恨恨地想：妖精一個！在玉墨的背影消失後，他告訴自己不許再給她哪怕半秒鐘的機會用她的大黑眼勾引他。那是勾引嗎？勾引會那麼難解嗎？雖然法比是揚州法比，思考都帶揚州鄉音，他畢竟身上流著義大利人多情浪漫的血，讀過地中海族裔的父母留下的世界文學和戲劇著作，他覺得那雙黑眼睛不僅勾引人，而且是用它們深處的故事勾引。

這天夜裡，雨加小雪使氣溫又往下降了好幾度。英格曼神父在生著壁爐的圖書室旁邊的閱覽室閱讀，也覺得寒意侵骨。被炸毀的鐘樓使二樓這幾間房到處漏風，陳喬治不斷來加炭，還是嫌冷。陳喬治再次來添火時，英格曼說能省就省吧，炭供應不上，安全區已有不少老人、病人凍死。他以後就回臥室去夜讀了。半夜時分，英格曼神父睡不著，想再到圖書館取幾本書去讀，剛到樓梯上，聽見圖書室有女人嗓音。他想這些女人真像瘡痍，不留神已染得到處皆是。他走到閱覽室門口，看見玉墨、喃呢、紅菱正聚在壁爐的餘火邊，各自手裡拿著五彩的小內衣，邊烤邊小聲地唧咕笑鬧。

竟然在這個四壁置滿聖書、掛著聖像的地方！

英格曼神父兩腮肌肉痙攣。他認為這些女人不配聽他的憤懣指責，便把法比・阿多那多從臥室叫來。

「法比，怎麼讓這樣的東西進入我的閱覽室？」

法比・阿多那多剛趁著濃重的酒意昏睡過去，此刻又趁著酒意破口大喊：「褻瀆！你們怎麼敢到這裡來？這是哪裡你們曉得不曉得？」

紅菱說：「我都凍得長凍瘡了！看！」她把蔻丹剝落的赤腳從鞋裡抽出，往兩位神父面前一亮。見法比避瘟似的往後一蹴，喃呢咯咯直樂，玉墨用胳膊肘搗搗她。她知道她們這一回闖禍了，從來沒見這個溫文爾雅的老神父動這麼大聲色。

「走吧！」她收起手裡的文胸，臉烤得滾燙，脊梁冰涼。

「我就不走！這裡有火，幹嗎非凍死我們？」紅菱說。

她轉過身，背對著老少二神父，赤著的那隻腳伸到壁爐前，腳丫子還活泛地張開合起，打啞語似的。

「如果你不立刻離開這裡，我馬上請你們所有人離開教堂！」法比說。

「怎麼個請法？」紅菱的大腳指頭勾動一下，又淘氣又下賤。

玉墨上來拽她：「別鬧了！」

紅菱說：「請我們出去？容易！給生個大火盆。」

「陳喬治！」英格曼神父發現樓梯拐角瑟瑟縮縮的人影。那是陳喬治，他原先正往這裡來，突然覺得不好介入糾紛，耍了個滑頭又轉身下樓。

「我看見你了！陳喬治，你過來！」

陳喬治木木瞪瞪地走了過來。迅速看一眼屋裡屋外，明知故問地說：「神父還沒休息？」

「我叫你熄火，你沒聽懂嗎？」英格曼神父指著壁爐。

「我這就打算來熄火。」陳喬治說。

陳喬治是英格曼神父撿的棄兒，送他去學了幾個月廚藝，回來他自己給自己改了洋名：喬治。

「你明明又加了炭！」英格曼神父說。

紅菱眼一挑，笑道：「喬治捨不得凍壞姐姐我，對吧？」

陳喬治飛快地瞪了她一眼，這一眼讓英格曼神父明白，他已在這豐腴的窯姐身上嘗到甜頭了。

第五章

從一九三七年十二月十三日的清晨，威爾遜教堂其實已失去了它的中立地位。我姨媽孟書娟和她的十五個女同學怎麼也不會想到，英格曼神父從江邊把她們帶回教堂，她們被極度的疲乏推入沉睡之後，一個中國軍人潛越了教堂的圍牆，藏進了教堂墓地。這個軍人是國軍七十三師二團的團副，一個二十九歲的少校。

我姨媽向我形容這個姓戴的少校是「天生的軍人」，「是個有理想的軍人」，「為了理想而不為混飯而做軍人的」。戴少校很英俊，這是我想像的。因為理想能給人氣質，氣質比端正的五官更能塑造出男性美。這種男性也更討女人喜歡，討我姨媽那樣渴望男性保護的小姑娘喜歡。

戴少校所在的部隊是蔣介石用在上海和日軍作戰的精銳師。像七十三師這樣的精銳師，蔣介石有三個，是他的掌上明珠。三個師的總教官是法肯豪森將軍，一個不生氣也帶著輕微德國脾氣的德國貴族。在一週內幾乎把日軍趕進黃浦江的就是戴少校的部隊。

戴少校在十二日傍晚還打算帶半個營的官兵死守中央路上的堡壘。天將黑的時候，大批的士兵軍官向江邊方向跑。從他們的陌生方言裡，他大致聽得懂一個意思：唐司令官下午招集了高級軍官會議，決定全線撤退江北，撤退命令在一小時前已經下達。

戴濤認為絕不可能。他的步話員沒有接到任何撤退命令。假如他戴副團長所在的精銳師沒有奉命撤退，這些講著蠻夷語言的雜牌軍怎麼能擅自扔了武器、埋了軍火，先行撤退了呢？

接下來的是撤退和反撤退的談判、叫罵以致開火。當然，在軍事記載上，它是一場「誤會開火」。戴濤手下的一個連長被撤退大軍推倒，連長站起身就給了推他的人一槍。所有奉命死守的士兵立刻分化為二，大部分被撤退的人潮捲走。剩下的二十多個官兵仗著自己有武器，開始向逃兵們正式開戰。打了五六分鐘，撤退的大隊人馬裡混進了坦克和卡車。坦克和卡車被戴濤的小股阻擊部隊攔阻了，徒步撤退的士兵們趁機爬上車輛，又被車上的人推下來，幾分鐘裡，戴濤把「潰不成軍」這詞的每一筆畫都體味到了。作為他這樣一個軍人世家子弟，世界末日也不會比如此潰敗更令他悲哀。這就是他下令停火的時候。

等他和副官來到江邊，已經是晚上十點。江邊每一寸灘地都擠著絕望的血肉之軀，每條船的船沿上都扒滿絕望的手，戴濤被副官帶到這裡，帶到那裡，但沒人在聽到副官報出戴濤的軍階和部隊番號時讓步，讓他們接近最後幾艘逃生船隻。到了凌晨一點，想上船的人遠比船的最大客納量要多出幾十倍，扒在船沿上的一雙雙手以非人的耐力持續扒在那裡，一直扒到甲板上的船老大對著那些手指掄起斧頭。

戴濤決定停止一切徒勞。已經凌晨三點半，江面上漂浮的不只是機動船和木帆船，還漂浮著木頭澡盆、樟木箱、搓衣板。人絕望到這種地步就會成為白痴，把搓衣板當輪渡搭乘，妄想渡過長江天險，渡到安全彼岸。戴濤估計最先乘木澡盆和樟木箱的人已經葬身十二月的江水了。他和副官掉頭往回擠。

副官跟他走散的時間是凌晨四點。一路上仍然擠滿往江邊跑的士兵和市民，一個士兵罵罵咧咧地在扒一個罵罵咧咧的市民的長衫，那市民穿著一身補丁摞補丁的單袷衣褲，赤著腳，凍得渾身冷噤，也不願意穿上士兵「等價交換」給他的軍棉衣。戴少校對那個士兵叫罵，士兵像根本聽不見。假如少校不是捨不得僅剩的五顆子彈，這個化裝成南京小鋪掌櫃的士兵就又是一場「誤會開火」的犧牲品。

戴濤在巷子裡摸索著往前走。沒有倒塌的房子都緊鎖著門。有個院子的牆塌了一半，前門被燒成了炭。戴濤走進去，在一個廊檐下發現一串串沒有完全晾乾的山芋乾。他把它們全部拽下來，塞進衣袋。

他按照記憶中的南京地圖往東跑。敵人大部分從東邊來，假如他能順利過渡到敵後，進入已經失陷的鄉村，就能依靠地廣人稀，敵在明我在暗存活下來。從那兒，再打算下一步。當軍人不光是靠知識和經驗，也靠天分。二十九歲的少校是年輕的少校，是天分讓他比他同屆的保定軍校畢業生上升得快。他認為在這種情況下，潛入敵後是天分給他的設想，儘管是膽大妄為的設想。

戴濤碰上第一股破城而入的日本兵是在淩晨五點左右。這一小股兵力似乎專門進城來找吃的，把每一幢搜不出食物的房子點著。就這樣他們進入了戴濤藏身的院子。一直退到最後一進院子的戴濤發現進來的日本兵只有七、八個，他的手癢癢了。也許兩顆手榴彈就可以把他們解決。放著好打的仗不打就是有便宜不占的王八蛋。戴濤摸摸屁股上別著的兩顆手榴彈，猶豫這樣做是否值得。但好的軍人不僅有知識、經驗、天分，還得有激情；就是腦子一熱便投入行動的激情。在上海跟日本人打仗的那股解恨勁頭上來了。

他心怦怦跳地埋伏在後院堂屋裡。窗外是一條小巷，窗子已經被他打開了，只需兩秒鐘就能從那裡出去。此刻他渾身興奮，丟失南京城的窩囊感全沒了。

日本兵進了最後一進院子，進入他視野。他一手拿著手槍，牙齒咬在手榴彈的導火線上，拉開，默數到三下，第四下時，他輕輕把它扔出去。他要讓這點炸藥一點兒不浪費，所以手榴彈必須落在最佳位置爆破。他扔出手榴彈的同時，已側過身，然後撲向窗口。基本訓練從不偷懶的戴濤在此刻嘗到了甜頭，他翻窗的時間連兩秒鐘都不到，眨眼間已落在牆根下。

得承認日本兵的訓練也不差，沒被炸死的兩個兵很快接近了後窗。槍彈在他左邊的樹幹上，右邊的斷牆上打出花來，過了一會兒，他發現自己的左肋掛了花。

這時豎在他面前的是一面高牆，不遠處的火光照亮牆內樓宇上的一個十字架。他想起來，這是一所美國人的教堂。他馬上決定，進入教堂的唯一途徑是牆外的梧桐樹，樹幹疤結累累，正是他攀登的腳踏，每一步攀登，左肋的彈孔就湧出一股熱血。

爬上牆頭，他看見七、八個十字架。這是一片墓地，種著幾棵柏樹和一些冬青樹，戴濤看中了一個小廟似的建築。他迅速鑽到它的拱頂下，坐下來，解開自己的紐扣，從挎包裡拿出緊急救護包。他用手指試探了一下傷口，估計裡面沒有子彈，比他想像得好多了，現在要想辦法把血止住。剎那他已是鮮血洗手，被血濕透的棉衣成了冰凍的鐵板，又冷又沉。

他把傷口包紮好，冷得牙齒磕碰得要碎了。玩具似的洋廟堂是個考究的墓堡。他心想，死在這裡倒也沾了陌生死者的光。

到天亮時，他發現自己居然睡了一覺。

這時，他聽見一群女人的吵鬧聲。心裡默默一算，算出這天是一九三七年十二月十三日。怎麼這裡會有這麼多女人？

天亮後他決定藏在墓地裡養養傷，有吃的撈點吃的，有喝的撈點喝的。

戴濤潛伏在威爾遜教堂兩天，誰也沒見過他，他卻見過了這裡面的每一個人，包括我姨媽和她的同學們。他在夜裡可是閑不住，巨大的野貓一樣悄無聲息地在教堂領土上行走偵探。他在秦淮河女人的地下室通氣孔外面趴了近半小時，記住了她們每張面孔。

那幾串山芋乾和洗禮池的水養活了他兩天。他已明白這是個山窮水盡的教堂，要是沒有山芋乾，他從日本兵槍口下撿回的命此刻也會喪失給飢餓。

第六章

晚餐時豆蔻走進餐廳。她自己也知道自己不好，很不識相，繡花鞋底蹭著老舊的木板地面，訕訕地笑道：「有湯呢！」

女孩們看著她，相信她們這樣的目光能擋住世上最厚顏的人。而豆蔻沒被擋住。

「我們就只有兩個麵包，好乾吶。」豆蔻說。

沒人理她。陳喬治一共做了四條麵包，十六個學生和兩個神父以及兩個男雇員才分到兩個。有乾的還想要稀的，她以為來這裡走親戚呢？

「你們天天吃麵包吃得慣啊？我是土包子，吃不來洋麵包。」豆蔻把桌上擱的湯桶傾斜過來，往裡面張望，湯只剩了個底子，有幾片煮黃的白菜和幾節泡發了的麵條。豆蔻進一步厚起臉皮，拿起長柄銅勺。那勺子和勺柄的角度是九十度，盛湯必須得法，如同打井水，直上直下。像豆蔻這樣不知要領，湯三番五次都倒回了桶裡。女孩們就像沒她這個人，只管吃她們的。

「哪個幫幫忙？」她厚顏地擠出深深的酒窩。

一個女孩說：「誰去叫法比・阿多那多神父來。」

「已經去叫了。」另一個女孩說。

豆蔻自找臺階下，撅著嘴說：「不幫就不幫。」她顫顫地掂著腳尖，把勺柄直向桶的上方提，但她胳膊長度有限，舉到頭頂了，勺子還在桶沿下。她又自我解圍說：「桌子太高了。」

「自己是個冬瓜，還嫌桌子高。」不知誰插嘴說。

「你才是冬瓜。」豆蔻可是忍夠了，手一鬆，銅勺跌回桶裡，「咣噹」一聲，開場鑼似的。

「爛冬瓜。」另一個女孩說。

豆蔻兩隻眼立刻鼓起來：「有種站出來罵！」

女孩們才不想「有種」，理會她這樣的賤坯子已經夠抬舉她了。因此，她們又悶聲肅穆地進行晚餐。但豆蔻剛往門口走，又有人說：「六月的爛冬瓜。」

說這話的人是徐小愚。

「爛得籽啊瓤啊都臭了。」蘇菲說。

豆蔻回過身，猝不及防地把碗裡的湯朝蘇菲潑去。豆蔻原本不比這些女孩大多少，不通書理，心智更幼稚幾分，只是身體成熟罷了。女孩們憋了滿心焦慮、煩悶、悲傷，此刻可是找到了發洩的出口，頓時朝豆蔻撲過來。一個女孩跑過去，關上餐廳的門，脊梁擠在門上。豆蔻原本是反角兒，現在變成了她們的仇敵。門是堵住了，但豆蔻清脆的髒話卻堵不住，從門縫傳出去，法比老遠就聽見了。伙夫陳喬治嫌他走得慢，對他說：「打了有一會兒了，恐怕已經打出好歹來了！」

果然如此，門打開時，豆蔻滿臉是血，頭髮被揪掉一撮。她的手正摸著頭上那銅板大的禿疤，把燭光反射在上面。陳喬治趕緊過去，想把豆蔻從地上扶起來。她手一推，自己爬了起來，嘴還硬得很：「老娘我從小挨打，雞毛撣子不知在我身上斷了幾根，怕你們那些嫩拳頭？十幾個打我一個，什麼東西！」

女孩們倒是受了傷害那樣面色蒼白，眼含淚珠。十幾個女孩咬定是豆蔻先出口，又先出手。她們所受的傷害多麼重！那些髒得發臭、髒得生蛆的汙言穢語入侵了她們乾乾淨淨的耳朵，她們一直沒得到證實的男女髒事終於被豆蔻點破了。

法比叫喬治把豆蔻送回地下室的倉庫。不久陳喬治回來告訴法比，說趙玉墨小姐想見副神父。法比說：「不見！」他被自己的粗大嗓門兒嚇了一跳。並且，陳喬治受驚的臉也是一片鏡子，照出他的惱怒和煩躁有多麼突兀。他轉身向英格曼神父的居住處走去，走得飛快，心裡說：呸，你以為你趙玉墨使了兩下媚眼就勾住我了？我就落下什麼把柄在你手裡了？想見我就見得著？……呸！一定要想法把她們送走，堅決向英格曼神父請願，把她們塞進安全區，塞不進也塞，日本人在安全區天天找花姑娘，讓她們給日本人找去拉倒！……真的拉倒？

法比的腳步突然慢下來，他悲哀地發現他的心沒那麼硬。

法比・阿多那多六歲時，父母在傳教途中染了瘟疫，幾乎同時死去，「母親」這詞的意義對於他是阿婆。叫是叫阿婆，其實阿婆比他母親只大幾歲，阿婆是從他生下來就抱他、背他的人。阿婆又鬆又軟的大奶子是他童年的溫柔鄉，只要一靠著它們，他就安然入睡。父母去世後，他的真阿婆來到中國。外祖母是個穿一身黑、又高又大、滿頭卷髮的女人，他躲在他的中國阿婆身後，怎麼也不敢跟他的親阿婆行見面禮。外祖母是來帶他回美國去的，鄉鎮上一個中學教員艱難地給雙方做翻譯，法比聽了這個噩耗後偷偷逃跑了。

那是稻子剛剛打下的時節，到處都有稻草垛可藏。夜裡法比溜回阿婆的草房，摘下阿婆晾在草檐下的老菱乾、年糕乾，帶回稻草垛給自己開飯。阿婆養的十二隻麻花鴨在哪裡下蛋，法比都知道。法比總是在阿婆去河邊拾鴨蛋前把鴨蛋截獲，磕開生喝。當阿婆察覺自己的東西不斷丟失是因為家賊，心裡便有數了，寡婦阿婆何嘗沒有私心，想留住法比？

法比的外祖母清理了女兒女婿的遺產，變賣了能變賣的家具衣物，徒勞地等了法比半個月，最後受不了中國江北村莊的飯食、居住、如廁和蚊蚋，終於放棄了帶外孫回國的計畫，跟阿婆所在村的族長說，一旦找到法比，一定請鄉鎮那位中學教員用英文給她寫信，她再來接他。

但法比的外祖母從此沒收到任何來自中國江北農村的信。到了法比成人時，他暗自為自己兒時的重情和任性後悔過，那是他被英格曼神父收為神學院學生的時候。法比的親外祖母離開後，法比跟阿婆一起去投奔阿婆的一個遠房親戚，這位親戚是法比父母的朋友，也是他把阿婆介紹給法比父母做幫傭的。阿婆從此便為這個親戚漿洗打掃，法比和這家的少爺們同吃同住。當十七歲的法比從揚州的教會中學畢業，正逢英格曼神父到學校演講，神父對法比這個長著西人面孔的中國少爺非常好奇，主動和法比攀談起來，在英格曼神父離開揚州回南京的時候，替他拎行李的，就是法比·阿多那多，他是在英格曼神父微笑著從講臺上走下來，走向自己的時候才意識到，他十七歲的生命那麼孤獨，他永遠不可能是個中國人。英格曼神父優雅淡定的風度像他的口才和知識一樣，在一小時內收服了年輕的法比，他這才悟到自己從來就不甘心做一個中國人。他也明白，英格曼神父對他親和也是因為他是個西方人，神父似乎暗示他，讓法比接著混在中國人裡，繼續做中國人就糟蹋了他。英格曼和法比交談著，像馬群裡立著兩隻偶遇的駱駝，一見如故，惺惺相憐。

法比從南京神學院畢業後，在神學院兼任教授的英格曼神父為法比申請了獎學金，去美國進修三年。法比找到了他在美國的一整個家族，有了長幼一大群親戚。他在跟他們團圓時把頭皮都抓破了；他一緊張不安頭皮就會爬滿螞蟻般的癢。這時他發現自己也做不了美國人，他覺得跟美國親戚們熱絡寒暄的是一個假法比，真法比瑟縮在內心，數著分秒盼望這場歷史性血緣大會晤儘早結束。

他輕輕敲了敲英格曼神父起居室的門，英格曼請他進去。神父跟法比的關係一直完好地保持在初次見面的狀態，沒有增進一度親密，英格曼神父假如是你的隔壁鄰居，他會在頭次見面時親切真誠地跟你說：「認識你真好！」但幾十年鄰居做下來，他也還是「認識你真好！」他可以讓熟識感凝固，讓情誼不生長也不死。

「有事嗎，法比？」英格曼神父問道。他沒像往常一樣客套地讓座。

本來法比是來向英格曼神父報告女學生和豆蔻衝突的事，催促英格曼把妓女們送往安全區。但他一走進英格曼的客廳，就感到神父滿心是更加深重的憂患，他要談的話在此氣氛中顯得不合時宜、不夠分量。英格曼神父正從無線電短波中接收著國外電臺對於南京局勢的報導，他看了匆匆進來的阿多那多一眼，又轉向收音機。法比陪著他沉默地聽著嘈雜無比的廣播，眼睛瀏覽著歲月磨舊了的乳白色櫃子，原先的色澤沉暗了，一塊塊大小不等的白色長方形和橢圓形是各種相框留下的印記。在空襲初期時，英格曼神父怕轟炸會震壞鏡框，就讓阿顧把它們摘下來，收藏起來了。法比記得每一幀不在場的相框所框著的內容，因為幾十年來英格曼神父從未移動過它們，或者替換過它們。最大的垂直橢圓形印記是英格曼神父母親的肖像留下的。這張肖像最初只是一張極小的照片，放在他父親留給他的一個懷錶後面，經過高明的放大和精細的修補，肖像看上去半是科學半是藝術。左下方，那個長方形空白是英格曼的畢業全身照留下的，也是英格曼曾經竟然年輕過的證據。右下方的橫臥橢圓形，原先掛著教皇接見英格曼神父的照片。

英格曼神父像是跟自己說：「看來是真的——他們在祕密槍決中國士兵。剛才的槍聲就是發自江邊刑場。連日本本國的記者和德國人都對此震驚。」

今天淩晨五點多，槍聲在江邊響起。非常密集的機關槍聲。當時英格曼神父疑惑，是否中國軍隊還在抵抗。可是據安全區的負責人告訴他，沒有來得及撤退的中國軍隊已全部被俘。把收音機的新聞和今天清晨的槍聲拼到一起，英格曼對法比說：「日本竟然無視國際戰俘法規，挑釁文明和人道？你能相信嗎？這是不是我認識的那個日本國的人？」

「要想法子弄糧食和水。不然明天就沒有喝的水了。」法比說。

英格曼神父明白法比的意思：原先設想三天時間占領軍就會收住殺心，放下屠刀，把已經任他們宰割的南京接收過去，現在不僅沒有大亂歸治的絲毫跡象，並且殺生已進入慣性，讓它停下似乎遙遙無期。法比還有一層意思：神父當時對十幾個窯姐開恩，讓她們分走女學生們極有限的食物資源，馬上就是所有人分嘗惡果的時候。

「我明天去向安全區去弄一點糧食，哪怕土豆、紅薯，也能救兩天急，絕不會讓孩子們挨餓的。」神父說。

「那麼兩天後呢？」法比說，「還有水，怎麼解決？」

「現在是一小時一小時地打算！活一小時，算一小時！」

法比聽出英格曼來火了。英格曼不只一次地告訴法比，他希望法比克服「消極進攻性」，爭論要明著爭，批駁也要直接爽快，像絕大部分真正的美國人。法比的「消極攻擊性」是中國式的，很不討他喜歡。

英格曼看著法比說：「關於水，你有任何建設性的正面建議嗎？」

「趙玉墨說，她們逃過來的時候，路過一口塘，南京我算熟的，不記得附近有塘，不過她說她是看見的。我想天亮前讓老顧去找找看。」

「好的，你這樣就很好。你看，辦法已經出來了。」英格曼神父獎賞給法比一個笑容，跟他一貫優雅、缺乏熱度的笑容完全不同。

法比心裡一陣感慨，他跟了英格曼這麼多年，就在這十分鐘內見到神父惱火和真笑。看來這個隔壁鄰居多年來成功保持的生疏感，很可能要打破。

英格曼神父說：「叫孩子們到教堂大廳去。」

法比說：「她們應該都睡了。」

「去叫她們吧！」

第七章

女孩們已就寢，聽到法比傳喚很快摸黑穿上衣服，從閣樓上下來。她們進入教堂大廳時，看見法比坐在風琴前，英格曼神父穿了主持葬禮的袍子。她們覺得大事不好，情不自禁地相互拉起冰冷的手，女孩間天天發生的小背叛、小和解，小小的愛恨這一刻都不再存在，她們現在是一個集體、一個家庭。

因為沒有風琴手——風琴手和學校其他師生陸續離開了南京，法比此刻只能充一充數。他在神學院修了一年音樂，會按幾下風琴。風琴是立式的，平時供女學生們練唱用，現在包著一條舊毛毯，發出傷風感冒的音符。

書娟明白，一定是誰死了，包著毛毯的琴音是為了把喪歌攏在最小範圍內。

整個大廳只點三支蠟燭，所有窗子拉下黑色窗簾。防空襲時，南京每幢建築都掛著這種遮光窗簾。

法比的琴聲沙啞，女孩們用耳語嗓音唱完「安魂曲」。她們還不知道為誰安魂，不明白她們失去的是誰，因此她們恍惚感覺這份失去越發廣漠深邃。南京和江南失去了，做自由國民的權利失去了，但好像失去的不只南京和江南，不只做自由國民的權利。這份不可名狀的失去讓她們一個個站立在那裡，像意識到滅頂危險而站立起來的、無助無辜的一群幼兔。

英格曼神父帶領她們念了祈文。

書娟看到英格曼神父和受難耶穌站得一前一後，他的影子投到彩塑聖者身上，聖者的神韻氣質疊合在活著的神父臉上。

「孩子們，我本來不願驚擾你們的。但我必須要讓你們有所準備，局勢並沒有向好的方向發展。」他低沉而簡短地把無線電裡聽到的消息複述一遍。「假如這消息是真的——成千上萬的戰俘被一舉槍殺了，那麼，我寧願相信我們又回到了中世紀。對中國人來說，歷史上活埋四十萬趙國戰俘的醜聞，你們大概並不陌生。不要誤以為歷史前進了許多。」神父停止在這裡。他嗓音越來越澀，中文越來越生硬。

入夜時分，書娟躺在徐小愚旁邊。小愚抽泣不斷，書娟問她怎麼了，她說她父親那麼神通廣大，沒有他走不通的路子，怎麼這時候還把她扔在這個鬼院子裡，沒吃、沒喝、沒烤火炭盆。

書娟耳語說：「我父母這時候在美國喝咖啡、吃培根蛋呢！」

她在幾個月後知道，那時她母親時時活在收音機的新聞播報中，父親從學校一回家便沉默地往無線電旁邊一趴，只要兩人一對視，彼此都知道對方心裡過了一句什麼話：「不知書娟怎麼樣了？」

南京的電話電報都切斷了，書娟父親設法找到了一個中國領事館的官員，得到的回答非常模糊，南京的情況非常糟，但沒有一件噩耗能被確證。她父親又設法把電話打到上海一個朋友家，朋友說租界已經有所傳聞，日軍在南京大開殺戒，一些黎民百姓被槍殺的照片，也被撤出南京的記者帶到了上海，在租界流傳，就在書娟緊挨著抽泣的同學怨艾地設想他們享受培根蛋時，他們正打聽回國的船票，他們被悔恨和內疚消耗得心力交瘁，抱定一個中國信念：「一家子死也要死在一塊。」

「要是我爸來接我走，我就帶你一塊走。」小愚突然說，使勁搖搖書娟的手。

「你爸會來接你嗎？」

「肯定會來！」小愚有些不高興了。怎麼可以這樣輕視她有錢有勢、手眼通天的父親呢？

「明天來，就好了。」書娟對小愚父親的熱切盼望不亞於小愚。這時候做小愚的密友真好，正是時候，能沾小愚那麼大的光，從日本軍隊的重圍裡走出南京。

「那你想去哪裡？」小愚問。

「你們去哪裡我就去哪裡。」

「我們去上海吧。英國人、法國人，還有美國人的租界不會打仗。上海好，比漢口好。漢口土死了，都是內地人。」

「好，我們去上海。」書娟這時候可不敢反對小愚，萬一小愚把她的青睞投向別人，就沾不上她的光，就要留在南京這座死人城了。雖然她覺得這樣依順小愚有失身分，但她想以後的日子長著呢，有的是時間把面子補回來，加倍地補。

隱約聽到門口響起門鈴聲。所有女孩在三秒鐘之內坐起，然後陸續擠到窗口。他們看見阿顧和法比從她們窗下跑過去。阿顧拎著個燈籠先一步來到門前，法比追上去，朝阿顧打著猛烈的手勢，要他熄滅燈籠，但是已經太晚了，燈籠的光比人更早到達，並順著門縫到達了門外。

「求求大人，開開門……是埋屍隊的……這個這個當兵的還活著，大人不開恩救他，他還要給鬼子槍斃一次！……」

法比存心用洋涇浜中文話說：「請走開，這是美國教堂，不介入中、日戰事。」

「大人……」這回是一條流血過多、彈痕累累的嗓音了：「求大人救命……」

「請走開吧！非常抱歉。」

埋屍隊隊員在門外提高了嗓音：「鬼子隨時會來！來了他沒命，我也沒命了！行行好！看在上帝的面上，我也是個教徒！」

「請帶他到安全區去！」法比說。

「鬼子一天到安全區去幾十次，搜中國軍人和傷兵！求求您了！」

「很抱歉，我們無能為力。請不要逼迫我違背本教堂的中立立場。」

不遠處響了幾槍。

埋屍隊隊員說：「慈善家，拜託您了！……」然後他的腳步聲便沿著圍牆遠去。

法比不知道該怎麼辦，他不能讓門外的中國士兵流血至死或再上一回刑場，也不能不顧教堂裡幾十條性命的安危。

英格曼神父此刻從夜色中出現，仍然穿著主持葬禮的袍子。

「怎麼回事？」他問阿顧和法比。

「外面有中國傷兵，從日本人槍葬現場逃出來的。」法比說。

英格曼神父喘息著，一看就知道，他腦筋裡也沒一個想法。

「求求你們！」傷兵一口外地口音，字字都是從劇痛裡迸出來的。

「現在不開門也不行，傷兵要是死在我們門口，倒更會把我們扯進去。」法比用英文說道。

英格曼看看法比。法比不無道理，但教堂失去中立地位，失去對女學生們的保護優勢，這風險他冒不起，他說：「不行。可以讓阿顧把他送走，隨便送到別的什麼地方去。」

阿顧說：「那等於送掉他一條命！」

傷兵在門外呻吟，非人的聲音，一聽就是血快流盡了。

從書娟的窗口看，穿著黑衣的兩位神父和阿顧像下僵了的棋盤上的三顆棋子。催促英格曼神父開門的也許是「血要流盡了」那句告白。他果斷地從阿顧手裡拿過鑰匙，「嘩啦」一聲打開那把牢實的德國大鎖，拔開鐵製門閂，卸下鐵鏈。好了，門沉重地打開了，女孩們釋然地喘口長氣。

但英格曼神父又以更快、更果斷的動作把門關上，把來者關在了門外。他嘩啦嘩啦地打算上鎖，但動作極不準確，法比一再問他，他都不說話，終於，鎖又合上。

「外面不是一個，是兩個！兩個中國傷兵！」他說，神父明顯感覺自己的仁慈被人愚弄了。

埋屍人的嗓音又響起來：「那邊有鬼子過來了！騎馬的！……」

看來，剛才他是假裝走開的，假裝把傷員撇下，撒手不管。他那招果然靈，對經歷了一次槍決血快流乾的傷兵，這些洋僧人不可能也撇下不管，英格曼神父剛才果然中計，打開了門。他謊稱只有一個傷員，也是怕人多教堂更不肯收留。

「真聽見馬蹄聲了！」阿顧說。

連書娟都明白，騎馬的日本兵假如恰好拐到教堂外這條小街，門內外所有人都毀了。

「你怎麼可以對我撒謊？明明不只一個傷兵！」英格曼神父說，「你們中國人到了這種時候還是滿口謊言！」

「神父，既然救人，一個和一百個有什麼區別？」法比說。他是第一次正面衝撞他的恩師。

「你住口。」恩師說。

雖然門外的人不懂門內兩個洋人的對話，但他們知道這幾句話之於他們生死攸關，埋屍隊成員真急了，簡短地說：「馬蹄聲音是朝這邊來的！」

英格曼神父揣上鑰匙，沿著他來的路往回走去。剛走五、六步，一個黑影擋住他，影子機敏迅捷，看得出它屬於一個優秀軍人。

書娟旁邊的蘇菲發出一聲小狗娃的哼唧。仗打進來了，院子就要成沙場了。

「馬上把門打開！」偷襲者逼近英格曼神父，遠處某個樓宇燒天火一般，把光亮投入這院子，一會兒是這裡一攤光亮，一會兒又是那裡一攤。光亮中，女孩子們看見軍人端著手槍，抵住英格曼神父的胸口，一層黑袍子和乾巴巴的胸腔下，神父的心臟就在槍口下跳，書娟想，要是軍人敏感些，一定能感覺到那心臟都跳瘋了，混亂的搏動一定被槍管傳導到了他手上。

法比從英格曼神父手裡奪過鑰匙，把門打開，放進黑乎乎的一小群人，一架獨輪車上躺著一具血裡撈出來的軀體，那個能說話的傷兵拄著一根粗粗的樹幹，推獨輪車的是個五十來歲的男人，穿件黑色馬夾。

門關上不久，從街口跑過來幾個日本騎兵，哼哼唱唱、嘻嘻哈哈，似乎心情大好。門內的人都成了泥胎，定格在各自的姿態上，等著好心情的日本兵遠去。全副武裝的軍人兩手把住手槍，只要門一開，子彈就會發射。直到馬蹄聲的回響也散失在夜空裡，人們才恢復動作。

書娟對小愚小聲說：「我們下去看看。」

「不能去！」小愚拉住她。

書娟自顧自地打開閣樓的蓋子，木梯子延伸下去。她聽見小愚跟其他女孩說：「看孟書娟！沒事找事！」

書娟很不高興小愚的作法。她原來只是私下拉小愚進行一次祕密行動，小愚馬上把她出賣了。她從梯子上降落到工場裡，輕輕拔開門閂，把門開得夠她觀望全局，書娟在任何情況下都不願做被瞞著的人，她知道瞞她是照顧她，但她對這種照顧從不領情，包括父母為了照顧她，從來不讓她知道他們夜裡吵了架，為什麼吵。有時她看著母親紅腫如鮮桃的眼睛，問她是否哭了一夜，母親還微笑著否認，似乎不瞞她就是對她不負責任。

此刻書娟站在開了半尺寬的門口，看見院裡的仗還沒打出分曉。獨輪車成了進攻的坦克，嘎吱作響地碾過教堂門口的地面，持手槍的軍人現在是他們的尖刀班，書娟看見奇怪的黑馬夾的胸前後背都貼著圓形白布，她斷定這就是埋屍隊員們的統一服飾。

「阿顧，馬上去把急救藥品拿來，多拿些藥棉和紗布，讓他們帶走。」英格曼神父的意思很明顯，此處不留他們這樣的客人。

持短槍的人並沒有收起進攻的姿勢，槍口仍然指著英格曼神父：「你要他們去哪裡？」

「請你放下武器和我說話，」神父威嚴地說，「少校。」

他已辨出了軍人的軍階。軍人的軍服左下襬一片暗色，那是陳了的血。

他說：「神父，很對不住您。」

「你要用武器來逼迫我收留你們嗎？」英格曼說。

「因為拿著武器說話才有人聽。」

英格曼神父說：「幹嘛不拿著槍叫日本人聽你們說話呢？」

軍人啞了。

神父又說：「軍官先生，拿武器的人和我是談不通的。請放下你的武器。」

軍官垂下槍口。

「請問你是誰，怎麼進來的？」法比問持槍者。

「這裡有什麼難進？我進來兩天了。」軍人說，「本人是七十三師，二團少校團副戴濤。」

一陣咬耳朵的聲音傳來，針鋒相對的人們剎那岔了神。書娟稍微探出身，看見以紅菱為首的五、六個女人從廚房那邊走過來。這下她們不會再叫「悶死了！」她們看見了獨輪車裡血肉模糊的一堆，都停止了交頭接耳。這些女人也是頭一次意識到，這院子裡的和平是假象，她們能照常嬉笑耍鬧也是假象，外面血流成河終於流到牆裡來了。

「日本人什麼時候行刑的？」神父看著獨輪車裡的傷兵問道。

「今天清早。」埋屍隊隊員回答。

「日本人槍斃了你們多少人？」少校問道。

「有五、六千。」拄拐的上士說，這是悲憤和羞辱的聲音，「我們受騙了！狗日的鬼子說要把我們帶到江心島上開荒種地，到了江邊，一條船都不見……」

「你們是一五四師的？」少校打斷他。

「是，長官怎麼知道？」上士問。

姓戴的少校沒有回答。上士的方言把他的部隊番號都告訴他了。「趕緊找個暖和地方，給他包紮傷口。」少校說。就像他攻占了教堂，成了這裡的主人了。

推車的、架拐的正要動作，英格曼神父說：「等等。少校，剛才我救了你們一次，」他指指大門口，「我沒法再救你們。有十幾個十來歲的女學生在教堂裡避難，讓你們待下來，就給了日本人藉口進入這裡。」他的中文咬文嚼字，讓聽的人都費勁。

「他們如果出去，會被再槍斃一次。」少校說。

紅菱此刻插嘴：「殺千刀的日本人！……長官，讓他們到我們地窖裡擠擠吧！」

「不行。」英格曼神父大聲說。

「神父，讓他們先包紮好傷口，看看情況再說，行嗎？」法比說。

英格曼神父說：「不行。這裡的局勢已經在失控。沒有水，沒有糧食，又多了三個人……請你們想一想，我那十六個女學生，最大的才十四歲，你們在我的位置上會怎麼做？

你們也會做我正在做的事，拒絕軍人進入這裡。軍人會把日本兵招惹來的，這樣對女孩子們公道嗎？」他的中文準確到了痛苦的地步。

上士說：「沒有我們，日本人就不會進來了嗎？沒有他們不敢進的地方！……」

英格曼頓了一下。上士的辯駁是有力的。在瘋狂的占領軍眼裡，沒有禁區，沒有神聖。他轉向少校：「請少校體諒我的處境，帶他們出去吧！上帝保佑你們會平安到達安全地帶。上帝祝你們好運。」

「把他推到那裡面。」少校對埋屍隊隊員指指廚房。「給他們一口水喝，再讓我看看他的傷。」少校像是根本聽不懂英格曼神父的中國話。

「不准動。」英格曼擋在獨輪車前面，張開的黑袍子成了黑翅膀。

少校的槍口又抬了起來。

「你要開槍嗎？開了槍教堂就是你的了。你想把他們安置到哪兒，就安置到哪兒。開槍吧！」英格曼在中國度過大半生，六十歲是個死而無憾的年紀。

少校拉開手槍保險。

法比嘴大張了一下，但一動不動，怕任何動作都會驚飛了槍口裡的子彈。

獨輪車上的傷兵哼了一聲。誰都能聽見那是怎樣痛苦的垂死生命發出的呻喚。這聲呻喚也讓人聽出一股奶聲奶氣來，一個十四、五歲的男孩剛變聲的嗓音。少年士兵疼成那樣，人們還在沒完沒了地扯皮，在如此的疼痛面前，還有什麼是重要的？連生死都不重要了。

「好吧，你們先處理一下傷口再說。」英格曼神父說。

「水已經燒熱了！」陳喬治一直悄悄地參與在這場衝突和扯皮中，雖然一言未發，但立場早就站定，並自作主張地開始了接待傷員的準備，現在，洗禮池中最後的飲用水已在鍋爐裡加熱了。

陳喬治忙不迭地給獨輪車帶路，拄樹幹的上士跟在後面。窯姐們此刻都從地下室上來了，一聲不吱地看著半死的小兵和跛腿上士，看不出是嫌棄還是恐懼，既像夾道送葬又像夾道歡迎。

姓戴的少校正要跟過去，英格曼神父叫住他。

「少校，把你的槍給我。」

軍官皺起眉：這洋老頭想什麼呢？日本人還沒能繳他的械呢！

「你如果想進入教堂的保護，必須放下武器。本教堂的優勢是它的中立性，一旦有武裝人員進駐，就失去了這個優越性。所以，把你的槍給我。」

少校看著他的異族淺色眼睛說：「不行。」

「那我就不能讓你待下來。」

「我不會待下來的，可能也就待一兩天。」

「在這裡待一分鐘，你也必須做個普通公民。如果日本人發現你帶著武器待在這裡，我就無法為你辯護，也無法證明教堂的中立地位。」

「如果日本人真進來，我沒有武器，只能任他們宰割。」

「放下武器，你才能是普通難民在這裡避難。否則，你必須立刻離開。」

戴少校猶豫著，然後說：「我只待一夜，等我從那兩個傷兵嘴裡打聽到日本人屠殺戰俘的情況，我就走。」

「我說了，一分鐘也不行。」

「少校，聽神父的吧！」法比在一邊說道，「你自己傷得也不輕，從這裡出去，沒吃沒喝，到處是日本兵，你能走多遠？至少把傷養養，身體將息一陣再走。」他的江北話現在用來講道理倒挺合適，聽起來像勸村子裡一對打架的兄弟。

戴少校慢慢地把槍保險關上，「咔嗒」一聲。然後他把槍口掉了個頭，朝向自己，讓槍把朝著英格曼神父。

書娟看出他的不甘心，正如她剛才也看出神父被迫讓步時的不甘一樣。

第八章

那個上士名字叫李全有，小兵叫王浦生，這是我姨媽孟書娟和她的同學們第二天就知道的。小兵的兵齡才一個月，是從家門口的紅薯地裡直接給拉進兵營，套上軍裝的。套上軍裝當天，他得到一把長槍、一條子彈帶，然後被拉到打穀場上，學了幾個刺殺動作，操練了幾個射擊姿勢，就被拉到了南京。他連一槍都沒有撈到放，因為長官說子彈太金貴，都留到戰場上去放吧。可是他在戰場上也只撈到放幾槍，就掛了彩，整個大部隊投降的時候，他還不太明白他的軍旅生涯已經結束了，他十五歲的一條命，也差不多結束了。

上士李全有的左腿受傷很重，挨了四刀，膝蓋後面的筋被扎斷了，因此這條腿像是他身體上最先死亡的一部分，無力而礙事地被他拖著。他和王浦生如何被槍殺，以及他們又如何逃生，是戴少校一再追問才問出來的，最開始，戴少校一問他，他便說：「提它呢？娘那×，老子可沒那麼窩囊過！」或者說：「啥也不記得了！」直到第三天，喝了點酒，他才把事情始末告訴少校，酒當然是教堂浮財，是女人們偷出來給軍人們的，那個時候軍人們和女人們已經處成患難知己了。

故事被戴少校講給了法比，法比又轉告了英格曼神父。等我姨媽書娟以及其他女學生聽到，已經掐頭去尾，支離破碎。書娟大起來之後，又碰見已經辭退神職的法比・阿多那多，從法比那裡又聽了一次李全有和王浦生的故事，那時，法比講出來的故事是經過他記憶和想像編輯的，故事不連接的地方，被他多年來掌握的有關那場戰爭的宏觀知識填補了。並且，在法比把這故事講給成年後的書娟之前，已經給無數人講過，在講述中故事不斷被完善和邏輯化。所以書娟在八十年代聽到老年法比講的故事，就比較豐滿，甚至文學化。

故事是這樣的，李全有和王浦生所在的部隊在宣誓「人在城在，打到最後一個人」之後的第二天，就失去了和總指揮部的聯絡。就是說，他們的長官不知道接下來去往哪裡打、怎麼打。也無法知道敵人的進攻方向。長官們還不知道，他們已被更大的長官出賣了，前線上稍微先進些、完好些的無線電裝備，此刻已經被裝上車船，往後方運送。一支三百架飛機的空軍部隊，是蔣總統唯一的空中戰鬥力量，因此也讓他當作政府的細軟給裹帶到了重慶。在南京打算死守的部隊沒有偵察到敵軍位置，因此炮兵失去了發射方向。步兵是由不同地方調來的，失去無線電為他們彼此聯絡，誰也不知道該配合誰、增援誰，有的部隊只差一步就能阻止敵人破城了，但是傷亡過重，彈藥耗盡，而就在他們附近的友軍因為毫不了解情況，把增援的機會錯過了。

在該增援友軍而按兵不動的部隊中，有個三十歲的老兵油子，上士班長就是李全有，等日本兵攻破友軍的陣地，從他們身邊大踏步進入城市，他們才意識到他們是一盤棋中死去的棋子。

好在天色暗下來，他們和敵人稀里糊塗地交錯過去。夜裡，他們被自己的長官出賣了。上尉以上的軍官都在天黑之後跑光了。清晨來了一架日本直升機，還有個漢奸在大喇叭裡喊話：「中國士兵們，大日本皇軍優待俘虜！只要你們放下武器，等著你們的是大米飯、熱茶和皇軍的罐頭魚肉！……」到此刻，中國士兵們已經三、四天沒聞到大米飯的味道了。飛機圍著山頭轉，山坡上的柏樹下，都是仰著頭的中國士兵。過了一會兒，飛機轉回來，大喇叭裡的漢奸變成了日本婆娘，用日本舌頭唱了一支中國歌。飛機再次轉回來時，滿天都是白紙張、黃紙張、粉紅紙張。中國士兵撿起那些紙張，有個別認字的人說：「這是日本人撒的傳單，要咱投降！」有識字識得多的，便說：「這上面說了，保證不殺不打，保證有吃有住，還說只要抵抗就剿盡殺絕。南京所有的中國軍隊都投降了，都在受優待呢！」還有一張傳單不那麼客氣，說日本皇軍的等待不是無限的，假如到明天清晨五點還不投降，什麼都晚了。

夜裡，中國士兵們把各種可能性都討論了。李全有是他們連隊的班長，向排長提出，可以化整為零趁天黑逃走，能不能逃出去，可以碰碰運氣。排長說：「你想到的，恐怕日本人都想到了。」另一個上士班長說：「咱拿著這些傳單，要是日本人說話不算數，咱能找他評理，這些傳單白紙黑字，都是憑據！這兒還印著他們司令官的名字，他敢賴不成？」

有的傳單上印著投降和投降條例：第一，把武器搜集成一堆；第二，士兵按班、排、連列成隊伍，打頭的舉白旗——白色床單或白色襯衣都行；第三，每個士兵軍官都必須把雙手舉過頭，從隱藏的地方走出來，日本軍隊提倡秩序，擾亂秩序者一律嚴懲。

李全有一口乾糧都沒有，但煙還有半袋。他裝了一鍋又一鍋煙，想打定主意，是跟大部隊一塊投降，還是悄悄貓下來，或者趁天黑偷偷摸出去，如果他有一口吃的，他都不會跟著投降。所有弟兄都掏出煙，相互讓著，又潮又冷的氣息被密實的松樹、柞樹吐出，在夜裡灌進幾千個餓漢的血肉，唯有抽煙能給他們一點舒適。

他們不知道，正在此刻，比他們少十倍的日本兵在山坡下看著滿坡密密麻麻的煙頭上的火星，感到有些畏懼：這畢竟是一個壯大的軍事集體，萬一傳單散布的詐降失敗，是很難對付的。

李全有最終放棄了逃走和潛伏的打算。投降的結果是已知的，至少日本人的傳單讓他們看到朦朧的下一步，逃亡和潛伏的結果卻未知。還有李全有跟他所有的戰友一樣，在凶吉未卜的時候，總是相信集體的決定，集體是幾千人的膽量相加，就是一份毀滅的危險被幾千人分承，也容易受得多。

清晨五點，中國士兵們的第一杆白旗升起。那是一個號兵舉著的一條白床單。床單是一個團長逃跑之後遺忘的。床單被裁成四塊，分別發到四個團裡，霧剛剛起來，等中國戰俘到了日本兵跟前，才發現如此懸殊的敵寡我眾。昨夜要是突圍應該能突圍出去，因為他們沒有無線電設備，無法知道中國軍隊的全盤局勢，被敵人鑽了空子。

這支部隊裡有個命最大的，一直活到八十多歲，活到二十世紀九十年代中。這個老兵從全世界集中的歷史資料中得知，日軍在一九三七年攻打南京時多麼無恥、詭詐，如何早早謀劃好騙局，離間中國軍隊，同時一支一支部隊地進行詐降。他們從一開始就沒有一絲誠意執行《日內瓦國際戰俘條約》。八十多歲的老兵看著一隊戴相同遮陽帽的日本旅行團，心被一句痛罵憋得疼痛。

那是後話。現在我還得回到李全有的故事中來。

從另一條小路上，走來的是一支輕傷員隊伍，其中有個腦袋紮在三角巾裡的少年。李全有的連隊奉命在岔路口停下，等傷兵的隊伍先過去，似乎受降的日本兵想得很周到，讓傷員最先進入他們「有吃有住」的安全環境。這個時候，李全有和小兵王浦生還是陌路人。

在四面白旗的帶領下，中國戰俘們沉默地走上公路。隔著十米會有一個橫著長槍的日本兵押解，有時還會冒出個中國翻譯，叫戰俘們：「跟緊了啊！走快點！」碰到這樣的漢奸，戰俘隊伍裡總會有一兩個人問他們：「日本人要把我們送到哪裡去？」

「不曉得。」漢奸會這麼回答，臉跟押解的日本兵一樣空白無內容。

「前頭有飯吃、有水喝嗎？」某戰俘會問。

「那還能沒有？」漢奸說。

「日本人真的不打不殺？」

「不殺！趕緊往前走！」

真有一些鑽牛角尖的中國戰俘，懷裡揣著那些傳單，他們見到漢奸，會把傳單拿出來，讓漢奸看看，他們抱的希望是有根據的，不是虛妄的，應該找日本人兌現。

這些跟漢奸們交流過一兩句的戰俘很快會成為隊伍裡的轉播站：「真不殺？」「他說不殺……」「真給飯吃？」「他說給。」

傳著傳著，話就越發順著他們的心願變幻：「到前頭就有飯吃了！再走一會兒就到了！日本人從來不殺戰俘！……」

再走一陣，吃的和住的還是無頭緒，戰俘們前一刻落實的心又懸浮起來，相互間再次打聽：「剛才你聽誰說有飯吃？」「聽你說的！」「我說了嗎？我是說恐怕快要發飯了……」「那再找個翻譯問問！」

到了上午十點多，霧開始散了，他們來到一片炸塌了的廠房外。日本軍官和翻譯交待了幾句，翻譯拿著鐵皮話筒對中國戰俘喊話：「中國官兵們，請大家在這裡稍事休息，等待上面命令。」

一個中國兵膽子很大，大聲問道：「是在這裡開飯嗎？」日本軍官生鐵般的目光指向他，所有中國戰俘的心都一冷，這哪裡像給飯吃、給住處的樣子？

他們看到兩天前經過的城市現在生息全無，空得鬧鬼。

翻譯又領受了日本軍官的意思，再次向中國戰俘喊話：「開飯地點在江邊，開了飯，就用輪船把你們運送到江心島上，在那裡開荒種地。日軍的軍需口糧，以後要由諸位來供給……」

所有中國戰俘都被這個交待安頓下來。不管怎麼樣，這是個可信的交待，他們進一步看到自己的下一步，儘管餓得站不住，心情好了一些。翻譯接下去又說：「在此休整時期，大家需要暫時忍耐一下，配合一下日軍官兵，把手讓他們綁起來……」

鐵皮喇叭還在饒舌，中國士兵們已經大聲表示疑惑了：「好好的綁我們的手幹什麼？」

「他們有槍，我們赤手空拳，還要捆我們？」

「不幹！」

一片鬧事的聲音起來了。

一個日本軍官吼叫一聲，所有刺刀一塊進入刺殺預備動作。

中國士兵們安靜了，隊形縮小一點。

鐵皮喇叭開始轉達日本軍官的意思：「捆綁正是怕大家不守紀律，失去控制，上船過江，在船上亂起來是很危險的，皇軍是考慮到你們的安全。」

漢奸把嗓子都喊毛了，還是沒有打消中國戰俘們的疑惑。

有一個中國戰俘跟翻譯對喊：「把我們手綁起來，到江邊讓我們怎麼吃飯？」

翻譯回答不上來。中國戰俘們都被這句話提醒了，沒錯，日本人不是說到江邊開飯嗎？怎麼又說捆綁是為了上船的秩序？都綁上了怎麼端碗拿饃？日本兵就這麼些，人手夠餵我們的嗎？就是相信他們，我們該信哪句話？

日本軍官湊到翻譯跟前，問中國戰俘又鬧什麼？翻譯含著微笑，把日本軍官前後矛盾的計畫指出來。

日本軍官思考了一會兒，跟翻譯嘀咕了一陣，翻譯轉身，揚起大喇叭說：「中國士兵們，中佐認為你們言之有理，他考慮欠周到。這樣，大家先就地宿營，等聯繫好伙食供給部門，再通知大家。」

李全有和戰友們被日本兵押進了工場的空地，五千多戰俘把這廠房內外塞得爆滿，誰想偷點空間伸個懶腰、打個盹兒都不行。過分的疲憊和飢餓還是讓戰俘們直直坐著睡著了。他們在天暗下來時陸續醒來，沒一個人還有力氣從地上站起來。

李全有的位置靠外圍，離他一步遠，就是一把長長的刺刀，他順著那刺刀往上看，看到一張空白無內容的臉。一個十八、九歲的日本兵，李全有問：「水？有水嗎？」

日本兵看著他，把他當作一匹騾子或一件家具看。

李全有做了個喝水的手勢，心想看一個木板凳的目光也不會比這日本兵的目光更麻木了。「喝水！……」另一個中國戰俘跟李全有一塊要求，一邊比劃一邊念叨，把兩個中國字念得又慢又仔細，似乎被念慢了的中國字，就能當日本字聽得懂了。

日本兵還是一聲不響，一動不動。

好幾個中國戰俘都參加進來，對日本兵連比劃帶念叨：「水！水！水！……」

李全有說：「裝什麼王八蛋？明明懂了！不給飯吃，水都不給喝一口！」

「水！……水！……」

更多的中國戰俘請求。

日本軍官又一聲吼叫，槍栓拉開了。

中國戰俘們低聲議論：「早知道不該進到這破廠子裡頭來，跟他們拼都舞弄不開手腳！」

「要拼早上就該拼，那時肚子沒這麼癟！」

「早知道昨夜裡就拼，咱那麼多人、那麼多條槍！」

「要知道日本人就這點人，才不理它傳單上說的呢！非拼了不行！」

「行了，那時候沒拼，現在後悔有屌用！」李全有總結道。

翻譯此刻又出現在中國戰俘面前：「中國官兵們，因為後勤供給的故障，只能讓大家再忍耐一會兒，渡到江心島再開飯……」

「肯定有飯吃？」

「中佐先生向大家保證！已經跟江心島上的伙夫們說妥了，準備了五千人的饅頭！」

「五千人的饅頭！」中國戰俘們一片議論。任何具體數字在此刻都增大信息的可信度。

「不知道一人能給幾個饃？」

「能管飽不能？」

「船得走多長時間才能到島上？」

翻譯又說：「所以，船已經在江邊等著了，現在請各位配合，排好隊列走出來……」

中國士兵們幾乎用最後的體力站起身，每人都經過了三、四秒的天旋地轉、兩眼昏黑才漸漸站穩。多數人背上和額頭上一層虛汗。他們走出坍塌的工場大門時，翻譯口氣輕鬆地說：「請大家配合，把雙手交給日軍捆綁，為了上船的秩序，只能請大家委屈一會兒！……」

黃昏中看一柄柄刺刀似乎顯得比白天密集。幾十支手電筒的光柱在中國戰俘的臉上晃動。漢奸繼續說：「只是為了萬無一失，不出亂子，請大家千萬別誤會！」

李全有覺得日本人的森嚴和漢奸的友善有點不相稱。他連琢磨分析的體力都沒了。這一天的飢餓、乾渴、恐怖、焦慮真的把他變成一條會走動的木板凳了。

又是一個小時的行軍，聽到江濤時，天上出來一輪月亮，隊伍從雙列變成單列，漸漸到達江邊，最後一隊戰俘到達江邊時，月亮已經明晃晃地當空了。

中國戰俘們一個個被反綁兩手，站在江灘上，很快就有人打聽起來：「船在哪裡呢？

怎麼一條船也沒有？」

翻譯官不知去了哪裡，他們只有自問自答：恐怕一會兒要開過來吧，這裡不是碼頭，不能靠船，恐怕船停在附近的碼頭上了。

江風帶著粉塵般細小的水珠，吹打著五千多個中國戰俘。

「那我們在這兒幹什麼？」有人問。

「等船吧？」有人答。

「不是說船在等我們嗎？」

「誰說的？」

「那個漢奸翻譯說的。」

「他說的頂屁用！這裡又沒有碼頭，船怎麼停？當然要停在附近碼頭，等咱上船的時候再開過來。」

「那為啥不讓咱就到碼頭上去上船呢？」

這句話把所有議論的人都問啞了。問這句話的人是李全有的排長，二十一歲，會些文墨也有腦筋。李全有從排長眼睛看到了恐懼，排長一到江灘上就打量了地形。這是一塊凹字形灘地，朝長江的一面是凹字的缺口，被三面高地環抱。從高地下到灘上來的路很陡，又窄，那就是日本兵讓中國戰俘的雙列縱隊編為單列的原因。誰會把裝載大量乘客的船停靠到這裡？不可能。

排長讓李全有看三面高地的頂上，站著密密麻麻的日本兵，月光照著他們的武器，每隔一段就架設著一挺重機槍。

「這是怎麼了？還等什麼呢？」

這樣的提問已經沒人回答了，戰俘們有的站不住了，坐下來，飢餓乾渴使他們馴服很多，聽天由命吧！

這樣等把月亮都從天的一邊等到了另一邊，船還是沒來。本來凍疼、凍木的腳現在像是不存在了。被捆著繩子的手腕也從疼到木再到不存在。

「媽的，早知道不該讓他們綁上手的！」

「就是，要是手沒綁著，還能拼一下！」

「傳單上還有他們司令官的名字呢！」

「還要等到什麼時候？不凍死也要餓死了！」

李全有不斷地回頭，看著三面高地上的日本兵，他們看起來也在等待，那一挺挺機關槍是十足的等待姿勢。從月亮和星辰的位置判斷，這是三更天。

過了四更，中國戰俘們多半是等傻了，還有一些就要等瘋了。傷員們你依我靠地躺著，有的是幾個合蓋一件棉大衣或棉被，此刻都哼唧起來：三更的寒冷連好好的皮肉都咬得生疼，莫說綻裂的皮肉了。只有一個少年傷兵睡熟了，就是王浦生。

此刻王浦生打盹兒的地方離李全有隔著七、八個人。傷員們得到一項優待：不被捆綁。

李全有又一次回過頭，看見三面高地上的日本兵後面的天色亮了一些，把密密匝匝的鋼盔照得發青。他剛把臉扭過來，就聽見一聲輕微的聲響，輕得他不能確定是不是錯覺。那聲音應該是持指揮刀的軍官乾脆利落的手勢——刀刃把氣流一切為二的聲響。李全有是個聰明也狡猾的士兵，會打會殺，也會逃會躲。尤其後兩種本領，使他當兵當到而立之年，還全鬚全尾。

就在他聽到這微妙聲響時，他腦子一閃，他要第一個倒下。這就是說，在他不信賴任何人，尤其不信賴敵方的老兵的內心，冥冥中知覺自己和五千多個兄弟在走進日本人下的套。日本人下套的用心是什麼，他一直猜不透，但他明白套已經完滿地收口。下套的人都不會有良好用心，因此他在聽到這一聲輕微響聲時，眼睛迅速地打量了一下周圍的腳邊。他離江水三、四丈遠，沒指望朝那兒逃生，腳的右邊有一處略凹的地面。

此刻所有中國戰俘都聽到金屬摩擦的聲音。有人說：「他們要幹啥？」

回答他的是十幾挺同時發射的機關槍。

而李全有已照準他看好的凹處臥倒下去。

一個戰友的身軀砸在他身上，抽動著，頭顱耷拉在他的背上，他立刻浸潤在熱血和腦漿的淋浴中；另一個身軀朝一邊滾了一下，又朝另一邊滾，順著坡勢滾到凹處，最後李全有覺得自己的下腹被重重地壓住。垂死的生命力量真大呀！壓住他的軀體不斷向上拱起，腰部被撐成一個弧形，疼痛使軀體重複這個高難度的雜技動作，但每重複一次，弧度都在縮小，扁平下去，生命的漣漪就這樣漸漸平復。李全有明白，人的臟腑原來也會呼喚，拱動的人體從臟腑深處發出的聲響真是慘絕人寰，又醜陋之極。

槍聲響了很久，蓋在李全有身上的屍體被毫無必要地槍殺了再槍殺，每一次被子彈打中，那漸漸冷卻的肉體都要活一次，出現一個不小的震動，震動直接傳達到李全有體裡，擴散到他的知覺和魂魄裡，因此他也等於一次次中彈。

等到四周安靜了，戰友流在李全有身上的血和其他生命液體已凝固到冰點，日本兵們從高地上下來。他們開始是設法在遍野的橫屍中開路，發現很艱難，有的皮靴乾脆踏到屍體上去，他們嘰哩呱啦地抱怨什麼，或許靴子被血和泥毀了。他們一邊走一邊用刺刀和腳尖撥拉著中國士兵的屍首，昨天他們還相信要去吃饅頭和罐頭魚呢！善良好欺的中國農家子弟，就這麼被誘進了圈套。日本兵們打著哈欠，聊著，順便朝那些看去有一點活氣的屍體上扎幾刀，李全有就這樣聽著他們一路聊過來、扎過來。

李全有的一條腿感覺著潮冷的江風，但願日本兵能忽略它，錯把它當一條死去的腿。幾分鐘之後，他那條露天的腿就被一個日本兵盯上了，「撲通」一聲，刺刀進入了他大腿上那塊厚實的肌肉。肌肉本能地收緊，使刺刀往外拔的時候有些費勁。李全有一口暴出唇外的牙咬得鐵緊，把那條腿偽裝成毫無知覺的屍體一部分。一點動彈就會前功盡棄，招致第二次槍殺。第二刀下來了，扎在第一刀下面一點。鋼刀的利刃刺進皮肉，直達骨頭的聲響，李全有自己都能聽見。他整個身體都是這宰割聲音的音響，把聲音放大了若干倍，傳播到腦子裡。因此，在鋼鐵和肉體的摩擦聲使腦了「嗡」的一下，全部的知覺、記憶、思維都剎那被抹去，成了一片白亮。等到第四刀扎下來時，李全有覺得膝蓋後面什麼東西斷了，斷了的兩頭迅速彈回大腿和小腿，那是一根粗大的筋，這個斷裂讓他腦子裡的白亮漫開了，漫向全身。

徹底的安靜讓李全有蘇醒過來，他不知道自己昏迷了多久，但他知道自己活著，飢餓和乾渴都過去了，他全身來了一股重生般的熱力。

他等待著機會，一直等到天再次暗下來，他才在屍體下面慢慢翻身。這個翻身在平常是絕不可能的，再高難度的軍事訓練也不能讓任何軍人完成它，他的兩手被綁在身後，一條腿廢了，全部翻身動作只能依靠一條腿。

大概花了一個鐘頭，他才由伏倒翻成側臥，側過來就方便了，可以用一邊肩膀，一條腿爬行，他小心地挪動，把動作盡量放小，現在他不能確定日本兵已經撤離了刑場，天色越來越深暗，他越小心地行進引起的傷痛便越猛烈，他不斷停下，抹一把掉進眼裡的汗滴。夜晚來臨時他走了五六米遠，這五六米的強行讓他渾身汗濕，兩天的乾渴居然不妨礙他出汗。他這是想往江邊爬，無論如何要飲飽水再做下一步打算。

這次他停下來，是因為聽到了輕微的聲音，他渾身大汗馬上冷了，難道日本兵真留下看守死屍的人了？他喘也不敢喘，用肩膀堵住大張著的嘴，再聽一會兒，那聲音說的是中國話：「……這裡……傷兵……王浦生……」

李全有尋找著，四周沒一個像活著的，他屏住呼吸，一動不動，那聲音再次出來：「……救命……」

他聽出這是個男娃娃的嗓音，臨時抓壯丁抓來的男娃娃不少。男娃娃把自己的蟲鳴當作呼喊，以為方圓幾里都該聽得見。

李全有找到了同樣被屍體掩蓋的王浦生，他的肚子挨了一刀，要不是一具屍體的小腿搭在他肚子上，他就被大開膛了。李全有見王浦生兩個嘴角往面頰上裹的繃帶裡一扯一扯，知道小兵疼得欲哭無淚，便說：「不許哭！哭我不帶你走了！你得想想，咱這是多大的命、多大的造化，才活下來的！」

小兵繃住了嘴。李全有讓小兵想法子解開他綁在背後的雙手。小兵用他毫無氣力的手開始作業。解了一個多鐘頭，兩人幾次放棄，最終還是解開了。

現在以四缺一的肢體行動的李全有方便多了。他先爬到江邊，同伴的屍體在江水上築了一道壩，他得把一些屍體推進水裡。然後他灌了一肚子血腥衝腦的江水，然後又用一頂棉軍帽浸透水，爬回王浦生身邊，把帽子裡的水擰到小兵嘴裡。小兵像得到乳房的嬰兒一樣，乾脆把濕帽子抱住，大口吮吸。

等兩人都喝飽水，李全有和王浦生並肩躺著，嘴裡各自斜著一根煙杆。李全有自己的煙杆一直揣在身上，他為王浦生在近旁的屍體身上摸到一根煙杆。

「娃子，現在咱弄了個水飽，再抽一袋煙，精神就提上來了，咱就開路逃生去。」

王浦生十五年抽的第一袋煙是在死屍堆裡，這是他怎樣也料不到的。他學著李全有吸一口，吐一口，希望李全有說的是真的，真能靠它長精神。

「人沒水喝，三天就死，有水喝，要活好大一陣呢！」李全有說。

一袋煙的時間在這個死人灘上就是大半輩子，煙抽完，李全有覺得王浦生再是個負擔他也撂不下他了，但帶著肚腸流出來的小兵逃生，靠自己不全的四肢，幾乎不可能，李全有在抽煙時已經看好了路線，三面高地環抱的江灘，只有一面有爬上去的可能，日本人相中這塊灘地行刑，考慮是周全的。相中這塊地形，也在於它容易處理屍體，把它們全推進江水就妥了。

李全有在一具連長的屍體上找到了一個急救包，把它撕開，拉出裡面的急救繃帶和藥棉。急救包裡還有一小管藥膏，李全有估計它無非是消毒、消炎的藥膏，便將它敷在藥棉上，對著王浦生肚子上那個窟窿一堵。王浦生「嗷」了一聲。

「看天上，咋飛來飛機了！」李全有說。

王浦生用疼得淚嘩嘩的眼睛瞪著夜色四合的天空，李全有把露在表皮外的那一小截腸子給杵了進去。

這回王浦生「嗷」都沒「嗷」就昏死過去了。

李全有想，好在餓了兩三天，腸子餓得乾淨透亮，感染的危險小一些。他在王浦生身邊等著，等小兵醒來好帶他走。小兵萬一醒不來，他就獨自逃。

小兵王浦生的氣息非常微弱，將斷不斷。有幾次，李全有的手指尖已經感覺不出一絲熱氣從小兵嘴裡出來，但仔細摸摸，發現小兵的心臟還在跳。

李全有知道，越等下去，逃生的可能性就越小，敵人最終會來處理這幾千具屍體，也許天一亮他們就要來了。而這個年輕的小兵就是不醒來。他發現自己緊緊攥著兩個拳頭，不是因為腿傷的劇痛，而是因為等待的焦灼。

也許李全有動搖過，想拋下小兵王浦生獨自逃生。但他在向戴濤講述這段經歷時，沒有承認，他說他絕不可能那麼缺德，得到王浦生的幫助，解開了捆綁，而反過來把生死未明的小兵扔下，他堅守著王浦生，守到天蒙蒙亮。

天啟明時，王浦生醒了，一雙黑亮的眼睛在屍體一般灰白的臉上睜開。他看看躺在他身邊的李全有，兩人合蓋著一件被血漿弄得梆硬的棉大衣。李全有說：「娃子，咱得走了。」

娃子說了一句話，但太輕了，李全有沒聽清。

「啥？」

娃子重複一遍。李全有明白了，娃子說自己走不了，寧可死在這裡，也不想再遭那疼痛的大罪。

「你讓我白等你一夜？」李全有說。

王浦生求他再等等，等他肚子不疼了，一定跟他走。

李全有看看越來越白的天色，把王浦生一條胳膊背在自己肩上，他還算訓練有素，能單腿趴著走，肩上還拽著個人。小兵不到一擔麥重，這是好處。

霧氣從江裡升上來，可以當煙霧彈使，這又是個好處。大好處。

爬了八尺遠，聽見霧裡傳來腳步聲。李全有趁著霧的掩護，立刻擠到兩具屍首中間。心在舌根跳，一張嘴它就能跳出來。

腳步聲在三面高地上響著。不是穿軍靴的腳發出的腳步聲，接下去李全有聽見有人說話了：「……有好幾千人吧？……」

是中國話！

「還看不清，霧太大了。狗日的槍斃這麼多中國兵！」

「個狗日東洋鬼子！」

從口音分辨，這幾個男人說的是南京地方話。並且年紀都在四五十歲，李全有分析著。

「那我們才這幾個人，要幹多少日子才能把屍首處理掉？」

「個狗日的東洋鬼子！……」

他們罵著、怨著，走到高地下面。

「都甩到江裡，還不把江填了？」

「快動手吧，不然狗日的說不定就來了！」

男人們螞蟻啃骨頭一般動作起來。

李全有想，現在暴露比一會兒暴露可能有利一些，因為日本人隨時會出現，就是這些中國人想救他，在日本人眼皮下也是救不成的。

於是他喊了一聲：「哪位大哥，救命！」

所有的議論聲剎那靜下來，靜得江濤打在屍體上的聲音都顯得吵鬧。

「救命！……」

第二聲呼喊招來了一個人，這人謹慎地邁腿，在屍體的肩、頭、腿、臂留的不規則空隙中艱難地前進。

「在這兒！」李全有用聲音在大霧中給他導航。

有一個人帶頭其他人便膽大了，從屍山屍海裡闢出的小徑朝李全有和王浦生走著，他們幾乎同時下手，把李全有和王浦生抬起，向高地的一面坡走去。

「不要出聲！」抬著李全有的一個人說，「先找個地方把你們藏起來，天黑了再想辦法。」

從江灘到高地頂上，李全有得知這種穿清一色黑馬夾的人是日本軍隊臨時徵用的勞工，專門處理祕密槍斃的中國戰俘。

這些埋屍隊隊員在苦力結束後，多半也被槍殺了，但在一九三七年十二月十五日的清晨，埋屍隊隊員尚不知道等在前面的是同樣的慘死。沒被槍殺的有些因為投靠了日本人，做了最低一檔的漢奸，有些純粹是因為幸運，還有個把聰明的，在後期覺得靠幹這個掙薪水口糧（掙得還不錯）不是什麼好事，突然就消失了。總之，是埋屍隊中活下來的個別人，把他們的經驗告訴了我姨媽那類人——那類死了心要把一九三七年十二月到一九三八年春天日本兵在南京屠城的事件追究到底的人。

軍人們進入教堂的第二天早上，阿顧失蹤了。

第九章

阿顧是天沒大亮時出去打水的，到了天大亮，他仍然沒回來。

法比·阿多那多來到地下室，問趙玉墨她是否把去水塘的路線跟阿顧講清楚了。趙玉墨確信她講清楚了，並且阿顧說他知道那口小水塘，是個大戶人家祠堂裡的水塘，供那大戶人家夏天養蓮。

法比說：「那阿顧去了三個多鐘頭了，還沒回來！」

法比從兩件袍子裡挑了一件稍微新一些的換上，又用毛巾擦了擦臉。他要去找阿顧，萬一日本人麻煩上了阿顧，他希望自己這副行頭能助他一點威風。不找阿顧是不行的，連擔水的人都沒有，像陳喬治這樣的年輕男子，一律被日本人當中國戰俘拉走槍斃，或者砍頭，據最後兩個撤出南京的美國記者說，日本兵把砍下的中國人腦袋當獎盃排列照相，在日本國土上炫耀。

法比按照玉墨講的路線沿著門口的小街往北走，到了第二個巷子，進去，一直穿到頭。

街上景觀跟他上次見到的相比，又是一個樣子，更多的牆黑了，一些房子消失了，七八隻狗忙忙顛顛地從他身邊跑過。狗在這四天上了膘，皮毛油亮。法比凡是看到一群狗聚集的地方就調開視線，那裡準是化整為零的一具屍首。

法比右手拎著一只鉛桶，隨時準備用它往狗身上掄。吃屍體肉吃瘋了的狗們一旦變了狗性，改吃活人，這個鉛桶可以護身。從巷子穿出，他看見一片倒塌的青磚牆，是一爿老牆。斷牆那邊，一汪池水在早上八點的天光中閃亮。池塘邊阿顧活不見人，死不見屍。也許阿顧碰到了什麼好運，丟下蒼老的英格曼神父和他自己微薄的薪水離去了。也可能阿顧被當成苦力被日本人徵到埋屍隊去了。屍體時時增多，處理屍體的勞務也得跟著增長才行。

池塘裡漂著枯蓮葉。這是多日來法比看見的最寧靜和平的畫面，他將鉛桶扔進塘中，打起大半桶水，沿來路回去。這點水對於教堂幾十口人來說，是杯水車薪，必須用英格曼的老寶貝福特運水。

法比回到教堂，將福特的後排座拆出去，把教堂裡所有的桶、盆、大鍋都搜集起來，塞到車上。第一車水運回來，陳喬治煮了一大鍋稀粥，每人發了一碗粥和一小碟氣味如抹布。口感如糟粕的醃菜，但所有人都覺得是難得的美味。

地下室裡的女人們和女學生們已經好幾天不漱不洗，這時都一人端一杯水蹲到屋檐下的陰溝邊，先用手絹蘸了杯子裡的水洗臉，再用剩的水漱口刷牙。

玉墨用她的一根髮帶沾上水，細細地擦著耳後、脖根，那一點點水，她捨不得用手絹去蘸，她解開領口的紐扣，把剛用水搓揉過的綠髮帶伸到上半部胸口，無意間發現法比正呆呆地看著她，她小臂上頓時起了一層雞皮疙瘩。某種病懨懨的情愫在她和法比之間曲曲扭扭地生長，如同一根不知根植何處的藤，從石縫中頂了出來。

等法比第三次去那小池塘打水時，就發現了阿顧的去處。祠堂前面居然駐著一個連的日本兵，是他們把阿顧打死的。法比斷定出這樣一個始末，阿顧擔著兩個水桶走到池塘邊，正好碰見幾個日本兵需要他的水桶，阿顧不懂他們叫喚什麼，日本兵覺得讓這個中國人懂他們的意思太費勁，就一槍結果了阿顧。中了彈的阿顧懵頭懵腦地逃跑，卻是在往池塘中心跑，追上來的第二顆子彈使阿顧沉進水裡。

那口池塘實在太淺了，法比運了三趟水，扎在淤泥裡的阿顧就露出了水面。法比蹚著沒膝的泥汙，把阿顧往岸上拖，拖著拖著，法比感覺到自己有了觀眾：十多個日本兵不知什麼時候出現在他身後，十幾個槍口都對準他。但法比的臉一轉過去，槍口便一個挨一個地垂下去。法比的白種人面孔使他得到了跟阿顧不同的待遇。

這一次法比的車沒有裝水，裝回了阿顧。黑瘦子阿顧被泡成了白胖子，英格曼神父簡單地給了阿顧一個葬禮，將他埋在後院墓地。

女學生們這下知道，這兩天喝的是泡阿顧的水，洗用的也是泡阿顧的水，阿顧一聲不響泡在那水裡，陳喬治用那水煮了一鍋鍋粥和麵湯……

書娟感到胃猛一動，兩腮一酸，一股清涼的液體從她嘴裡噴出。

她從閣樓上下來，想讓新鮮空氣平復一下噁心。

這時她看見地下室倉庫透氣孔前面站著幾個同學，是徐小愚、蘇菲，第三個叫劉安娜。安娜也是個孤兒，那天徐小愚向同學們出賣了書娟，書娟一直不痛快她，睡覺時用背朝著她。徐小愚可不缺密友，馬上就用劉安娜填了書娟的空。書娟猜出，徐小愚的父親假如此刻來接女兒，徐小愚會請求父親帶走劉安娜而不是她孟書娟。儘管這樣，書娟也鐵下心絕不主動求和。

書娟發現女同學們在看什麼。從離地面兩尺多高的、扁長的透氣孔看進地下倉庫，可以看到一個寬肩細腰的男子背影，雖然法比借給他的絨線衣嫌寬嫌長，但肩膀脖子還是撐得滿滿的。這是能把任何衣服都穿成軍服的男子。女學生們都知道二十九歲的少校叫戴濤，在上海抵擋日軍進攻時打過勝仗，差點兒把日軍一個旅趕進黃浦江，這段經歷是英格曼神父跟戴少校交談時打聽出來的。戴少校對撤離上海和放棄南京一肚子邪火，並且也滿腦子不解。從上海沿線撤往南京時，按德國將軍亞歷山大・馮・法肯豪森指導建築的若干鋼筋水泥工事連用都沒用一次，就落花流水地潰退到南京。假如國軍高層指揮官設計的大撤退是為了民生和保存軍隊實力，那麼由國際安全委員會在中、日雙方之間調停的三日休戰，容中方軍隊安全退出南京，把城市和平地交到日方手中的協議，為什麼又遭到蔣介石拒絕？結果就是中國軍隊既無誠意死守，也無誠意速撤，左右不是地亂了軍心。英格曼神父和戴濤少校在這樣的話題中有著共同興趣。

受傷的小兵王浦生被窯姐們套上了貂皮人衣，綳帶不夠用，換成了一條條花綢巾。本來就秀氣的男孩，經這麼打扮，幾乎是個女孩子，他靠在地鋪上，鋪邊坐著豆蔻，各人手裡拿著一把撲克牌、一本舊雜誌擱在兩人之間當牌桌。

從透氣孔看不清地下倉庫的全貌，誰挪進「西洋鏡」的畫面就看誰。現在過來的是趙玉墨，她低聲和戴少校交談著什麼，沒人能聽見兩人的談話，無論我姨媽孟書娟怎樣緊綳起聽覺神經，也是白搭。她有些失望，戴少校對玉墨這種女人也會眉目傳情，令十三歲的書娟十分苦悶。

既然我姨媽書娟無法知道玉墨和戴濤的談話，我只好憑想來填補這段空白，在日本兵的屠殺大狂歡的縫隙中，一個名妓和一個年輕得志的軍官能談的無非是這樣的話。

「頭一眼看到你，就有點面熟。」

「不會吧？你又不是南京人。」

「你也不是南京人吧？在上海住過？」

「嗯，生在蘇州，在上海住過七、八年。」

「最近去過上海？」

「去過好幾回。」

「跟誰去的？有沒有跟軍人去過？就在今年七月？」

「七月底，正熱的時候。」

「一定是那個長官把你帶到空軍俱樂部去了，我常常到空軍俱樂部去混。」

「我哪裡記得？」

玉墨笑起來，表示她記得牢靠得很，就是不能承認，那位長官的名聲和家庭和睦是很要緊的。

是紅菱的叫嚷打斷了玉墨和戴濤的竊竊私語。

「我們都是土包子，只有玉墨去過上海百樂門，她跳得好！……」

紅菱是在回答上士李全有的請求。李全有請紅菱跳個舞給他看。

所有女人都附合紅菱：「玉墨一跳，泥菩薩都會給她跳活了！……」

「何止跳活了，泥菩薩都會起凡心！」

「玉墨一跳，我都想摟她上床！」

這句話是叫玉笙的粗黑窯姐說的。

戴少校說：「玉墨小姐，我們死裡逃生的弟兄求你一舞，你不該不給面子吧？」

「就是，活一天是一天，萬一今晚日本人來了，我們都沒明天的！」紅菱說。

李全有似乎覺得自己級別不夠跟趙玉墨直接對話，都是低聲跟紅菱嘀咕幾句，再呲著大牙笑嘻嘻看紅菱轉達他的意思。

「誰不知道南京有個藏玉樓，藏玉樓裡藏了個趙玉墨，快讓老哥老弟飽飽眼福！」紅菱替李全有吆喝。

「人老珠黃，扭不起來了！」玉墨說著已經站起身。

書娟必須不斷調整角度，才能看見趙玉墨的舞蹈，最初她只看到一段又長又細又柔軟的黃鼠狼腰肢，跟屁股和肩膀鬧不和地扭動，漸漸她看見了玉墨的胸和下巴，那是她最好看的一段，一點賤相都沒有。肩上垂著好大的一堆頭髮，在扭動中，頭髮比人要瘋得多。

漸漸地，書娟發現自己兩腿盤了個蓮坐，屁股擱在潮濕冰冷的石板地面上，身子向右邊大腿靠。換個比書娟胖又不如書娟柔韌的女孩，都無法採取她的坐姿。她同時發現，原先在另外兩個透氣孔看西洋鏡的同學都走了，也許是被徐小愚帶走的，表示對她書娟的孤立。

玉墨又圓又豐滿卻並不大的屁股在旗袍裡滾動。書娟覺得這是個下流動作。其實她知道，這種叫倫巴的舞在她父母的交際圈裡十分普遍，但她認為給玉墨一跳就不堪入目。高等窯姐的眼神直勾勾地看著戴少校，少校的眼睛開始還跟她有所答對，但很快吃不消了，露出年輕男子甘拜下風的羞怯。玉墨卻還把少校拉回來，簡直是個披著細皮嫩肉的妖怪。

書娟對戴少校越來越失望。一個正派男人知道這女人的來路，知道她這樣扭扭不出什麼好事來，還笑什麼笑？不僅不該微笑，而且應該抽身就走。就像書娟母親要求書娟父親所做的那樣，任何賤貨露出勾引企圖時，正派如書娟父親那樣的男人必須毫不留情面地抽身。書娟在夜裡聽到父母吵架，多半是因為某個「賤貨」，她始終沒搞清那「賤貨」是父親的女祕書，還是他的女學生，或者是個女戲子。但願那個被母親一口又白又齊的牙嚼碎再啐出的「賤貨」沒有賤到趙玉墨的地步。

書娟看著玉墨的側影，服帖之至：一個身子給這賤貨扭成八段，扭成蟲了。

現在玉墨退得遠了些，書娟可以看見她全身了，她低垂眼皮，臉是醉紅的，微笑只在兩片嘴唇上，她的聲音真圓潤，為自己的舞蹈哼著一首歌，那微微的跑調似乎是因為懶惰，或因為剛從臥室出來嗓音未開，總之，那歌唱讓人聯想到夢囈。

她再次扭到戴教官面前，迅速一飛眼風，又垂下睫毛，蓋住那耀眼的目光。我能想像趙玉墨當時是怎樣的模樣，她應該穿一件黑絲絨，或深紫紅色絲絨旗袍，皮膚由於不見陽光而白得發出一種冷調的光。她晉級到五星娼妓不是沒理由的，她一貫貌似淑女，含蓄大方且知書達理，只在這樣的剎那放出耀眼的光芒，讓男人們覺得領略了大家閨秀的騷情。

而我十三歲的姨媽卻只有滿腔嫉恨：看看這個賤貨，身子作癢哩，這樣扭！

玉墨移動到李全有面前。李全有是老粗，女人身子跟他只隔兩尺距離兩身衣裳，浪來浪去，光看沒實惠，實在讓他受洋罪。他嘿嘿傻笑，掩飾著滿身欲望。只有豆蔻一人渾然不覺地跟王浦生玩牌，玩著玩著，小小年紀的新兵也被趙玉墨的舞蹈俘虜了。

「出牌呀！」豆蔻提醒。她扭頭一看，發現王浦生從花紅柳綠的繃帶中露出巴掌大的臉蛋朝著玉墨，眼光在玉墨胸部和腰腹上定住。她在他手背上打了一巴掌。那天夜裡埋屍隊把李全有和王浦生送來，豆蔻就讓出自己的鋪位給王浦生。給王浦生清理肚子上的傷口時，豆蔻看見小兵瘦得如紙薄的肚皮裂開一寸半的口子，嘴巴一樣往外吐著紅色唾沫，還露出一點灰色的軟東西。李全有告訴女人們，他當時想把娃子流出來的腸子全杵回去，但還是留了一點兒在外面。只能等法比・阿多那多或英格曼神父從安全區請來外科醫生處理。

從那一回，豆蔻就成了小兵王浦生的看護，餵吃餵喝，把屎把尿。

王浦生讓豆蔻打了一巴掌，回過神來，朝她笑笑。

根據我姨媽的敘述，我想像的王浦生是個眼大嘴大的安徽男孩，家鄉離南京一兩百里，從小給大農戶扛活，所以軍隊到他們莊子上抽壯丁，抽的一定就是這種男孩，因為沒有人護著他們。這個大孩子在一九三七年十二月十六日晚上對叫豆蔻的小姑娘一笑，嘴角全跑到繃帶裡去了。豆蔻看著，愛得心疼。豆蔻和王浦生差不多年紀，連自己的姓都不記得，說好像是姓沈。她是打花鼓討飯的淮北人拐帶出來，賣到堂子裡的。

豆蔻在七歲就是個絕代小美人，屬於心不靈、口不巧、心氣也不高的女子，學個髮式都懶得費事，打牌輸了賭氣，贏了逼債，做了一年，客人都是腳夫、廚子、下等士兵之流。挨了五年打，總算學會了彈琵琶。身上穿的都是姐妹們賞的，沒一件合身，還有補丁。妓院媽媽說她：「豆蔻啊，你就會吃！」她一點兒不覺得屈得慌，立刻說：「唉，我就會吃。」她唯一的長處是和誰對路就巴心巴肝伺候人家。

她若想巴結誰就說：「我倆是老鄉吔！」所以普天下人都是豆蔻的老鄉，她若想從客人或者姐妹那兒討禮物，就說：「哎喲，都搞忘了，今天是我生日哎！」所以三百六十天都可能是豆蔻的生日。

豆蔻說：「你老看她幹什麼？」

王浦生笑著說：「我沒看過嘛！」

豆蔻說：「等你好了，我帶你到最大的舞廳看去。」

此刻豆蔻妒嫉玉墨，但她從來都懶得像玉墨那樣學一身本事。

王浦生說：「說不準我明天死了哩！」

豆蔻用手在他嘴巴上一拍，又在地上叶口唾沫，腳上去踏三下。「渾講！你死我也死！」

豆蔻這句話讓紅菱聽見了，她大聲說：「不得了，我們這裡要出個祝英台了！」

這一說大家都靜下來。玉笙問：「誰呀？」

紅菱不說，問王浦生：「豆蔻剛才對你說什麼了？」

王浦生露在繃帶外面那一拳大的面孔赤紅發紫，嘴巴越發裂到繃帶裡去了。豆蔻說：「別難為人家啊，人家還是童男子呢！」

大家被豆蔻傻大姐的話逗得大笑。李全有說：「豆蔻你咋知道他是童男子？」

只有玉墨還在跳。她臉頰越來越紅，醉生夢死發出的暖意給她上了兩片胭脂。

連我十三歲的姨媽都看迷了。

我在寫到這一段，腦子裡的玉墨不只是醉生夢死的。她還是懷舊的。她在想一個男人，最後一次讓她對男人抱幻想又幻滅的男人。那個男人姓張，叫國謨，不過一般人都叫他的字：世祧。張世祧家幾輩人經商開實業，到了世祧這輩，張家祖父決定要讓長孫世祧成為讀書人。在海外讀了書的世祧回到南京，在教育部做了個司長。這是張家貼錢也要他做的門面。世祧假如那天不參加同學會的「男子漢之夜」，就不會碰到趙玉墨，若不碰上玉墨，他就不會墮落。他若碰上的是紅菱、豆蔻之類，連一句話都不會跟她們說。當然紅菱和豆蔻之流，也入不了那樣的舞廳。在中央路上的「賽納」舞廳不大，表演「卡巴拉」的都是一流歌手和舞娘。舞票也很貴，一塊大洋一張，有時候當紅舞女要三四張舞票才伴一場舞。常有些富家公子小姐背著家人到那裡玩。那是趙玉墨守株待兔的地方。那天的玉墨優雅之極，戴一串白珍珠，一看就是真品，捧一本《現代》雜誌。她打扮成大戶人家的待嫁小姐，還裝出一點超齡待嫁小姐的落落寡歡。世祧一幫人一進來就注意到了坐在舞廳側邊扶手椅上的小姐。「男子漢之夜」的男人們的獵物就是此類小姐，他們中有人猜她在等自己跳舞的女同學或女同事。也有人猜她是皮鞋不合腳，把腳跳痛了，在短暫養傷。張世祧看著兩個朋友上去，邀請她跳舞，都在她委婉的微笑上碰了釘子回來。大家選舉世祧去試試運氣。

世祧問她肯不肯賞光去喝杯咖啡，她看他一眼，怯生生的，但她還是站起來了。她站得亭亭玉立，等他為她披外衣，就像懂些洋規矩的小姐一樣。世祧聽見朋友們和著舞樂怪叫，這是一聲吵鬧的集體醋意。

「小姐貴姓？」

「我叫趙玉墨。先生呢？」

張世祧說了自己的名字，同時想，好一個落落大方的女人，喝咖啡時，他問她在讀什麼，她就把她剛從雜誌上讀到的東西販賣給他。《現代》雜誌上都是現代話題，政治、經濟、國人生活方式和健康，電影明星的動向和緋聞。雖然她端莊雅致，但他覺得她不僅於此；她不時飛來的一兩瞥眼風太耀眼了，他給刺激得渾身細汗、喉口發緊、心臟腫脹。世祧身邊的女人是從不釋放雌性能量的女人，並且很看低有這種能量的女人。從傳統意義上說，男人總是去和他妻子、母親那樣的女人成立家庭，但從心理和生理都覺得吃虧頗大。成熟一些的男人明白雌性資質多高、天性多風騷的女人一旦結婚全要扼殺她們求歡的肉體渴望。把那娼妓的美處結合到一個良家女子身上，那是做夢；而反之，把淑女的氣質罩在一個娼妓身上，讓她以淑女對外以娼妓對你，是可行的。譬如趙玉墨。她是一個心氣極高的女子，至少有一萬個心眼子。對付三教九流，她有三教九流的語言、作派。她從小就知道自己投錯了胎，應該是大戶人家的掌上明珠。難道她比那些掌上明珠少什麼嗎？她四書五經也讀過，琴棋書畫都通曉，父母的血脈也不低賤，都是讀書知理之輩，不過都是敗家子罷了。她是十歲被父親抵押給做賭頭堂叔的。堂叔死後，堂嬸把她賣到花船上。十四歲的玉墨領盡了秦淮河的風頭，行酒令全是古詩中的句子，並且她全道得出出處。在她二十四歲這年，她碰上了張世祧，她心計上來了：先不說實話，迷得他認不得家再說。二十四歲的名妓必須打點後路，陪花酒陪不了幾盞了。聽她講身世時，兩人已經在一間飯店的房間裡。世祧剛知道做男人有多妙，正在想，過去的三十年全白過了。他旁邊躺著他的理想：娼妓其內淑女其表。這個時刻，他還不知道趙玉墨是徹頭徹尾的、職業的、出色的名娼妓。

她講的身世摻了一半假話，說自己十九歲還是童身，只陪酒陪舞，直到碰上一個負心漢。負心漢是要娶她的，她才委身，幾年後負心漢不辭而別，她脫下訂婚鑽戒，心碎地大病一場，差點歸陰。她淚美人那樣倚在世祧懷裡，參透人世淒涼的眼神誰都經不住，別說心軟如糯米糍粑並有救世抱負的張世祧。世祧不僅沒被玉墨的傾訴噁心，還海誓山盟地說，他張世祧絕不做趙玉墨命中的第二個負心漢。

趙玉墨的真相是世祧的太太揭露的。張少奶奶在丈夫世祧的西裝內兜裡發現了一張旅店經理的名片，苦想不出世祧去旅店做什麼。家裡有的是房子，去旅店能有什麼好事呢？張少奶奶照旅店上的電話打過去，上來便問經理：「張世祧先生在嗎？」經理稱她為：「趙小姐。」張少奶奶機智得很，把「趙小姐」扔下去。「嗯，嗯」地答應，不多說話。經理說：「張先生請我告訴你，他今天下午四點來，晚一小時，請你在房間等候。」

張少奶奶只用了半天工夫就把趙玉墨的底給摳了。她向世祧攤底牌時，世祧堅決否認趙玉墨是妓女。張少奶奶動員世祧所有的同學朋友，才讓他相信南京只有一個趙玉墨，就是秦淮河藏玉樓的名娼。這時已太晚。趙玉墨的心術加房中術讓世祧惡魔纏身。他說趙玉墨是人間最美麗、最不幸的女子，你們這樣歧視她、仇恨她，虧你們還是一介知識分子。

其實讓張世祧這種男人浪子回頭也省事，就是悲悲戚戚地吞咽苦果，委委屈屈地接受現實，一心一意地侍奉老人和孩子。世祧在歐洲待了六年，他標榜自身最大的美德是人道精神，從不傷害人，尤其是弱者，尤其是已受傷害的弱者。張少奶奶不僅隱忍克制，而且真病假病一起來，眼神絕望，嬌喘不斷，但一句為難世祧的話都不說，連他每晚去哪裡都不過問。這就讓世祧的同情心大大傾斜，碰上趙玉墨小打小鬧，使小心眼兒和動小性子，他已不覺可愛，他煩了。政府各部門內遷時，世祧本來說好，要給玉墨贖身，再給她買張船票，讓她悄悄跟到重慶。出發前夕，世祧送來一封信，說自己在空襲中受了傷，一時去不了重慶，將由張太太陪同去徽州老家的山裡靜養。隨那封信，帶給玉墨五十塊大洋和一根金條。還不如前面的負心漢，豁出一個鑽石戒指。這位相信所有人生下來就平等的教育長官，看玉墨就值一根金條和五十塊大洋。

我姨媽書娟此刻悟到，她的母親和父親或許也是為了擺脫某個「賤貨」離開了南京，丟下她，去了美國。母親和父親吵了幾個月，發現只能用遠離來切斷父親和賤貨的情絲。她用自己的私房錢作為資金，逼著父親申請到那個毫無必要也毫無意義的考察機會。書娟此刻還意識到，她和母親的生活裡是沒有趙玉墨這類女人的。要不是一場戰爭，她們和書娟永遠不會照面。男人們在賤貨們面前展露的，是不能在妻子兒女面前展露的德行，是弱點。這些寄生在男人弱點上的美麗女人此刻引起了書娟火一樣的仇恨。教堂牆外燒殺擄掠的日本兵是敵人，但對於十三歲的女孩來說，到目前為止他們仍是抽象的敵人，而地下倉庫裡的這些花花綠綠的窯姐，對於書娟，是具體的、活生生的反派。她們連英雄少校也不放過，也去開發他的弱點。

所以她對著透氣孔叫了一聲：「騷婊子！不要臉！」

屋裡的聲響頓時靜下來。

「誰在外面？」玉墨問。

書娟已經從透氣孔挪開了，站在兩個透氣孔之間，脊梁緊貼廚房的外牆。

「臭婊子！」書娟換了一嗓音叫道，「不要臉！」反正裡面的人看不見她。

「是不是婊子，日本人都拿你當婊子！」

書娟聽出，這是黑皮玉笙的聲音。

「你們以為你們跟婊子不一樣，扒了褲子都一樣！」

這是紅菱的聲音。

書娟用假嗓子罵道：「臭婊子、騷婊子，不要臉！」

「你們聽著，日本人就喜歡拿黃花丫頭當婊子！英格曼神父看到幾十個日本兵排隊幹一個黃花的丫頭，老頭兒求他們發發善心，差點給他們開槍打死！哪個擔保她不是爹媽的千金！」這是叫喃呢的窯姐的嗓音。

書娟發現自己微微張開嘴，好久不咽一口唾沫，喃呢這婊子說的是真的嗎？一定不是真的，是當鬼故事編出來嚇唬她的。

「安全區都給日本人搜出好幾十個黃花丫頭來了！」紅菱幸災樂禍地歡呼。

書娟想，原來恐怖不只於強暴本身，而在於強暴者面前，女人們無貴無賤，一律平等。對於強暴者，知羞恥者和不知道羞恥者全是一樣；那最聖潔的和最骯髒的女性私處，都被一視同仁，同樣受刑。

她突然更加仇恨這些窯姐；她們幸災樂禍的正是強暴抹除了貴賤之分。

書娟從廚房後面鏟來一鏟煤灰，浮頭上還有一些火星。她走到透氣孔跟前，掂量著：就算這一鏟熱灰有一半能揮進孔裡，就算有兩團火星落在那些靠男人弱點餵養的賤貨臉上，也讓她書娟痛快痛快，多少也給女同學們解了恨。要不是這些女人進來，洗禮池裡的水一定夠她們十六個人喝的、用的，就因為賤貨們偷水洗衣服、洗臉、洗屁股，她書娟和同學們才喝了泡阿顧的水，要是水夠喝，阿顧也不會出去打水，中了子彈……阿顧在她們翻牆進來的時候，就把自己作為男人的弱點給她們抓住了，所以才倒戈，把她們放進來。

現在連她眼中的大英雄戴少校都用男人的弱點寵她們、縱容她們。少校放下了矜持，放浪形骸起來。少校寧可忍受左肋槍傷的疼痛，也要進入名妓蠕動的懷抱。

書娟發現玉墨一邊摟著少校蠕動，一邊不斷朝透氣孔轉過臉，她知道書娟還沒走，她向女孩示威：在你的罵聲中，我趙玉墨又征服了一具靈肉。她還讓書娟看看，她也會做紅菱、做豆蔻，做一切下九流女人，破罐子破摔，摔給你看。她把漂亮的翹下巴枕在少校寬闊的肩上，兩條胳膊成了菟絲，環繞在戴少校英武的身板上。少校的傷讓她擠得劇痛，卻痛得心甘情願。她突然給少校一個痴情的詭笑，少校臉上掛起賴皮和無奈的笑容。她感覺到他欲火中燒，他的賴皮笑容答覆她：都是你惹的禍呀！

所有窯姐和軍人都知道兩人眼光的一答一對是什麼意思，全都笑得油爆爆的。只有王浦生不明白，拉住豆蔻的手，問她大家在笑什麼。豆蔻在他蒙了繃帶的耳朵邊說：「只有你童男子問呆話！」她以為她是悄悄話，其實所有人都聽見了，笑聲又添出一層油葷。

書娟比量著鏟子的長度，考量應該怎樣提高帶火星的煤灰的命中率。

「你在那兒幹什麼？」

煤灰連同鏟子一塊落到地上。書娟回過頭，看著法比．阿多那多。「你要幹什麼？」他看著地上的煤灰，還有三兩個火星眨動。

書娟不說話，只是脊梁貼著牆直立。被老師罰，也不必站這麼直。法比個子高，當然是無法從透氣孔裡看「西洋鏡」的。

地下倉庫裡更歡騰了，還有人擊掌，舞步節奏快了一倍，就是要氣氣罵她們「騷婊子」的人。

法比向廚房的門走去。書娟明白他要去干涉地下倉庫那幫男女，再不干涉，秦淮河的生意真要做到教堂裡來了。法比剛一轉身，書娟就趴在透氣孔上。

現在名妓趙玉墨的舞蹈變了，上流社交場子的姿態和神態全沒了，舞得非常地豔。那是叫吉特巴的舞蹈，更適合她浪蕩妖冶。她舞到人身邊，用肩頭或胯骨狎昵地擠撞一下他們。她的胯骨撞到戴少校身上時，少校給她撞得忘了老家，撞出一個老丘八的笑來。她趙玉墨再不用拿捏了，可把長久以來曲起的腸子伸直了，她知道罵她「騷婊子」的女孩仍然在做她的觀眾，她就浪給她看，她的浪是有人買帳的，天下男人都買帳……

書娟看到地下倉庫裡的人頓住一下，都往頭頂上那個通向廚房的出入口看。書娟知道這是法比在那裡叫他們開門。

玉墨只停頓一下就舞下去了。

不知是誰為法比打開了出入口的蓋子。法比進到地下倉庫時，玉墨對他回眸一笑。副神父用英文說：「安靜！」

沒有人知道他說什麼，紅菱說：「神父來啦？請我跳個舞吧！跳跳暖和！」

後來，書娟知道，是小愚帶著安娜和蘇菲向法比告的狀，要法比來干涉窯姐們「勞軍」。

法比不像以往那樣用純正的江北話下禁令。他只用帶江北口音的英文一再重複：「請停止。」他的臉枯黃衰弱，表情全部去除，似乎對這些窯姐有一點表示，哪怕是憎惡，都抬高了她們。他此刻要表現一種神性的高貴，像神看待蛆蟲一樣懷有平常心。

果然，一個不聲響、無表情的法比使人們收斂了，玉墨首先停下來，找出一根被擰得彎彎曲曲的仕女香煙，在蠟燭上點燃，長長吸了一口。戴少校走到她身邊，借她的煙點著自己的煙。

「請大家自重，這裡不是『藏玉樓』、『滿庭芳』。」法比說。

「喲，神父，你對我們秦淮河的門牌摸得怪清楚的！」喃呢不識時務，還在跟法比貧嘴。

「神父是不是上過我們的門？」玉笙更沒眼色，跟著起哄吃豆腐。

女人們笑起來。

法比的目光瞟向趙玉墨，意思是：早就知道你的高雅、矜持是冒牌貨。現在你本性畢露了，也好，別再想跟我繼續冒牌，也別想再用你的妖邪織網，往我頭上撒。

「對不起，神父，剛才大家是太冷了，才喝了點酒，跳跳舞，暖和暖和。」戴少校不失尊嚴地為自己和其他人開釋。

「外面情況越來越壞，日本兵剛進城的時候還沒那麼野蠻，現在越來越殺人不眨眼。」法比說，「他們還到處找女人，見女人就……」他看看玉墨，又橫了一眼瘋得一頭汗的紅菱和喃呢。他下面的話不說，她們也明白。

法比離開地下倉庫時，回過頭說：「別讓人說你們『商女不知亡國恨』。」

玉墨的大黑眼睛又定在他臉上。

紅菱用揚州話接道：「隔江猶唱後庭花。」

「紅菱不是繡花枕頭嘛！」一個窯姐大聲調笑，「肚裡不只麥麩子，還有詩！」

「我一共就會這兩句。」紅菱說著，又笑，「人家罵我們的詩，我們要背背，不然挨罵還不曉得。」

喃呢說：「我就不曉得。豆蔻肯定也不曉得。保證你罵她她還給你彈琵琶。」

豆蔻說：「彈你媽！」

法比說：「如果你們親眼看見現在的南京是什麼樣，看見南京人口每分每秒在減少，就不會這樣不知羞了。」

說完轉身登上梯子，戴少校似乎清了清喉嚨。

法比走到廚房外，沉默地對書娟打了個手勢，讓她立刻回到閣樓上去。

第十章

晚上九點多，英格曼神父從他讀書的安樂樓上慢慢起身。幾天的缺糧已經給了他另一套形體動作，起身放得很慢，讓降低了流速的血液有足夠時間回流到頭顱裡，不至於造成昏厥。他也在這幾天中精減了一些動作，使每個動作都絕對經濟、絕對必須，不必花費的熱卡絕不浪費。

現在他的晚上都在這間不大的閱覽室裡度過。閱覽室隔壁，是教堂的圖書館，藏有教堂七位神父搜集的書籍，以及從義賣會上花很少的錢買來的書籍。歷屆外國使節離任，都會舉行捐贈或義賣會，把他們認為不值當裝船運出中國的物品和書籍以非常便宜的價錢賣出來，或乾脆捐贈，反正賣和捐之間沒有太大區別。一百來年，教堂圖書館的書去粗取精，分門別類，藏書很全面也很豐富。

英格曼神父走到壁爐前，扶著壁爐的上框蹲下去，這也是飢餓給他的新動作，六十歲的英格曼在幾天前從不用扶壁下蹲。他的膝蓋響得如木炭爆裂。他用火鉗把最後那根燃燒了一半的木柴夾起，調整一下它的角度，讓它最有效地燃燒。天太冷了。

法比的臥室在圖書館另一邊。這時法比仍沒有回來。不知為什麼，他跟法比的交流衝動總是錯位，法比來跟他談話時，他恰恰在享受孤寂，而他從孤寂中出來，渴望跟法比交談時，法比或是敷衍，或者根本不見蹤影。英格曼神父悲哀地總結，世上人大概都像他和法比，離不開又合不攏。A需要B時，正是B情感自足因而最不願被打擾的時候；而當B需要A的陪伴、慰藉和交流時，他的需求對於A已成了純粹的負擔。不合時宜的陪伴和交流就是惱人的打擾，為了保證不被打擾，就不要接受他人的陪伴。人和人不是因為合得攏在一塊，而是因為拆不開，都在被動地、無奈地陪伴別人，也忍受別人常常成為打擾的因而是多餘的陪伴。

現在他正間接地接受著地下倉庫的女人和軍人的多餘陪伴，這份純粹成了打擾的陪伴。

埋屍隊隊員把兩個中國傷兵送進了教堂的第二天，英格曼神父就去了安全區。安全區每天被日本兵搜查若干次，青壯年男性百姓都被當隱藏的中國軍人拉走了。安全區的幾個領導東奔西撲地營救，結果是一次次徒勞。被抓住的青壯年若有一點兒抗拒，當場就被槍斃。於是他把請求安全區接受那幾個中國傷兵的話吞咽了。他只是悄悄地把正在給排成長龍的病號看診的羅賓孫醫生拉到一邊，問他能不能抽一小時到教堂做個手術。什麼樣的手術？腹部被刺刀扎穿了……英格曼剛說一句，羅賓孫醫生緊張地問他，不會是中國戰俘吧？英格曼問他怎麼知道的。醫生告訴他，埋屍隊隊員裡出了敗類，把其他隊員營救中國戰俘的事叛賣給日本人了。日本人一清早就活埋了好幾十個埋屍隊隊員。從此處理戰俘屍體都要在日本兵的監視下進行。羅賓孫醫生忠告神父，假如教堂真的收留了逃過死劫的中國戰俘，一定要馬上送他們走。英格曼神父從安全區回來，來到地下倉庫。那個臨時居處還算有體統，圖書館的一塊舊窗簾把空間分為兩半，男人占一個小角落，剩下的區域歸女人。

英格曼神父從來沒聞過比那間地下倉庫更複雜渾濁的氣味；陳年累代的糧食、醃品、奶酪、紅酒……它們作為物質的存在已消失，但它們非物質的存在卻存留下來，不只存留下來，而是活著；氣味們繼續發酵，豐富，生長得肥厚濃渾，幾十年來這氣味的生命繁衍生殖變異，成了個氣味王國，任何入侵者都會受到它的兇猛抵抗。英格曼神父從出入口順著梯子下來時，幾乎被氣味爆炸炸昏。這個氣味王國現在更加豐富，十幾個女人和三個男人的體臭，兩大桶排泄物，加上香水、香脂、梳頭油、鉛粉、煙草……英格曼神父很快覺得，不僅是他的鼻子受不了，連他的眼睛都受不了了，氣味太強烈了，他灰色的眼球感覺到它的辛辣，汪起眼淚。那個時候他已知道，姓戴的軍官傷勢也不輕，脅骨被子彈打斷了，傷口一直有血滲出。重傷號叫王浦生，才十五歲。見英格曼神父進到地下倉庫，小兵躺在那裡把右手舉到太陽穴，行了個軍禮。一看就知道男孩既想討好他，又畏懼他，生怕他無情地捍衛教堂中立，把他們驅逐出去。英格曼神父突然改變了嘴裡的話。他來時口中排好的第一個句子是：「非常抱歉，我們不能夠把你們留在這裡養傷。」這時他對著敬禮的王浦生一笑，嘴唇啟開，話變成了：「好些了嗎？」他知道這就非常難了。假如預先放在舌頭尖上的話都會突然改變，他更沒法臨時調度其他辭客語言。他想說服傷兵們離開教堂，去鄉下或山裡躲起來。他們可以趁夜晚溜出教堂，糧食和藥品他可以給他們備足。而一見王浦生纏滿繃帶的面孔，整理編輯得極其嚴謹的說辭剎那便自己蛻變，變成以下的話：「本教堂可以再收留諸位幾天。不過，作為普通難民在此避難，少校先生必須放棄武器。」

傷員們沉默了，慢慢都把眼睛移向戴濤。

戴濤說：「請允許我留下那個手榴彈。」

英格曼神父素來的威嚴又出現了：「本堂只接納手無寸鐵的平民。」

戴濤說：「這顆手榴彈不是為了進攻，也不是為了防禦。」他看了所有人一眼。

英格曼神父當然明白這顆手榴彈的用途。他們中的兩個人做過俘虜，經過了行刑。用那顆手榴彈，結局可以明快甚至可以輝煌。對戰敗了的軍人來說，沒有比那種永恆的撤退更體面、更尊嚴了。走運的話，還可以拖個把敵人墊背。

戴少校頭一次被神父繳械後，偷偷留下了一顆小型手榴彈。這顆德國製造的小手榴彈作為他最後的家當被偷偷藏下來，帶進了地下倉庫。幾個女人偷偷向那時還活著的阿顧檢舉了這顆手榴彈，因為她們跟一顆進口高級炸彈住在一個空間睡不著覺。阿顧又把這顆手榴彈檢舉給了英格曼。

「假如你藏著炸彈，就不是手無寸鐵的難民了。」神父說。

叫李全有的上士說：「少校，就聽神父的吧！」

戴濤冷冷地對李全有說：「讓東洋鬼子繳了械，還不夠？」

英格曼明白他沒說出的話更刺耳，現在還要讓西洋鬼子繳械？

戴濤對李全有和王浦生說：「現在你們是我的下級，我是你們的長官，你們只有服從我的本分。」

此刻叫趙玉墨的女人從簾子那邊走進來，溫情地看著每個男人，似乎她是一個大家庭的年輕主婦，希望能調停正鬧不和的男人們。

英格曼神父記得自己當時對那女人微微一點頭，剎那間忘了她低賤的身分。他感覺由於那個女人的出現，男人們的氛圍變了，一股由對立而生的張力消減下去。其實她什麼也沒說，也沒動，帶一點女人不講原則的微笑，惋惜地看著男人們：和和氣氣的多好，什麼值得你們扯破臉？

英格曼還記得自己當時說，如果手榴彈拉響，日本人指控教堂庇護中國軍人，教堂收留難民的無辜慈善之舉，將會變成謊言。最重要的是，激怒了占領軍，他們會夷平教堂，包括它庇蔭下的十六個少女。她們是戰爭中最柔弱的生命，一旦成為犧牲，將是最不堪設想的犧牲。

然後，他告訴他們從安全區回來的路上目睹了什麼。當時法比開車從小巷繞路回教堂，碰見幾十個日本兵圍在一個門廊下，正扒一個十三、四歲的小姑娘的衣服。他叫法比馬上停車。他搖下車窗，探出他穿教袍的上半身，用英文大聲叫喊：「停止！看在上帝的分兒上！……」日本兵就把他們兩個的眼證給滅除了。他平鋪直敘地把事件講完又說：「本來不想告訴你們這個令人不悅的事情，但我想讓你們明白，我們——希望也有你們，所做的一切，都以不危及女學生們的安全為準則，收留你們，在某種程度上已經危及了她們，更何況你們還藏有武器。」

戴濤和另外兩個軍人都沉默了。他當時陪著他們沉默了一會兒，讓他的話在他們的腦子裡滲一滲，才離開了地下。當天下午，戴濤把那顆手榴彈交給了他。就是那時，他和年輕的中國少校交談了上海撤退和南京失守，奇怪得很，叫戴濤的陌生軍人恰在英格曼最渴望交談時出現的。那半小時的談話，雙方情緒興致那麼對接，非常罕見。

此刻英格曼裹緊鵝絨起居袍，打算回自己居處睡覺。他端著蠟盞沿著樓梯下到大廳，卻聽見門鈴在響。他立刻回到樓梯上，撩起黑窗簾，打開朝院子的窗戶。

法比已經趕到門口，正在和門外的不速之客對話。說是對話，外面的人只用門鈴來應答法比的「請問有什麼事嗎？……這裡是美國教堂！……沒有糧食、燃料！……」法比每發一句話，門鈴的應答就更增添一些惱怒和不耐煩，有時法比短短的句子還沒結束，就被打斷，幾乎就是在用門鈴跟法比罵架。

英格曼飛快地下樓，穿過院子，拉上《聖經》工場的門，又檢查了一下撞鎖是否鎖嚴實了。他突然意識到，上鎖反而不安全，入侵者總是認為值得鎖的地方都藏有寶貝，必然會強行進入，這樣反而給閣樓上藏身的女孩們增添了危險。他掏出掛在皮帶上的一串鑰匙，哆嗦著手把一把一把的鑰匙試著往鎖孔裡插。最終把門打開，摸黑進去，對著天花板說：

「孩子們聽著，無論發生什麼，不准出聲，不准下來！」

他知道女孩們聽見了，轉身向廚房跑過去。

「日本人來了，不准出聲，一切由我和法比對付！」

他聽見某個女人說了半句話，想打聽什麼，又馬上靜下來，不是被捂住嘴，就是被輕聲喝住了。

英格曼神父在去大門口的路上想好了自己的姿態、語調。在離大門口五步遠的地方站住，深呼吸一下，對仍在徒勞喊話的法比說：「打開門。」

法比回頭看一眼英格曼神父，被神父從容淡定的聲音和步態鎮住。神父似乎等的就是這一刻，要親自看看，在他的感召力面前，有沒有不被征服的心靈，有沒有不回歸的人性。

因此當大門打開，迎著入侵者走來的是一個白鬚白髮、仙風道骨的老者，他寬恕一切孩子，各種肌色的，各種品格的，無辜的或罪惡的。日本兵在按門鈴集聚起來的怒氣，似乎被英格曼神父接受一切的微笑釋放了出去。

「我們餓！」帶頭的日本下等軍官用滑稽的英文說道。

「我們也餓。」英格曼說。以憐惜普天下所有的喊餓的生命的那種泛意關懷：「並且乾渴。」他補充道。

「我們要進去。」下等日軍軍官說。

「對不起，這是美國教堂。閣下應該把它當美國國土對待。」英格曼堅決不收起笑容。

「美國大使館我們都進。」

英格曼聽說了，位居安全區最安全地帶的美國大使館常有日本兵強行造訪，能偷就偷，能搶就搶，把撤回美國的外交官和美僑的汽車都拉走了。看來遠離市中心的這座古老教堂倒比安全區安全。

「我們進去自己找飯！」下等軍官大起喉嚨。

他後面七八個日本兵似乎聽到了衝鋒號，一起擁動，擠進了大門。神父知道一旦事情鬧到這種程度，只能聽天由命。

法比對神父說：「打開門就完了！」

神父說：「南京的城牆都沒擋住他們。再說我們的牆連女人都翻得進來。」

法比和英格曼神父緊跟在日本兵後面，進了教堂主樓。沒有燈也沒有點蠟燭，凝固在大廳裡的寒冷比外面更甚。日本兵在大廳門口遲疑一會兒，下等軍官的手電筒光圈照了照布道臺上的聖者受難塑像，又照了照高深莫測的頂部，退了回去，似乎怕中了埋伏。

英格曼神父小聲對法比說：「一旦他們搜查《聖經》工場，我們就要設法聲東擊西，引開他們的注意力。」

法比小聲說：「怎麼聲東擊西？」

神父沉吟著。這種關鍵時刻無非是犧牲次等重要的東西來保住最重要的。

「去叫喬治發動汽車。」

法比領會了神父的意思。日本兵搶到一輛汽車，就可以在上級那裡領賞，也可以用它跟漢奸換吃的和易帶的值錢物，比如金銀珠寶。占城四五天，日軍裡已開始黑市交易。日本兵剛推開《聖經》工場的門，就聽見教堂院子某個角落傳來汽車引擎聲響。一聽就是上了年紀的引擎，連咳帶喘，一直發動不起來。他們尋著老汽車的哮喘聲，跟著手電光，輕而易舉地找到了車庫，也找到了正躺在車肚皮下「修車」的陳喬治。

日本兵踢了踢陳喬治的腦袋。陳喬治趕緊用英文說：「誰呀？修車呢！」陳喬治的英文比日本軍官的還難懂。

英格曼此刻說：「喬治，請出來吧！」

法比剛才已把陳喬治導演過一遍，臺詞都為他編好，全是英文臺詞。現在從老福特肚皮下慢慢爬起的陳喬治把角色臺詞全忘了，滿臉黑油泥都蓋不住驚慌。

「你是誰？」日本軍官問。

「他是我的伙伴兼雜工。」英格曼走到陳喬治和軍官之間。

陳喬治按法比給他編排的戲路子，繼續說英文臺詞——不管那英文多麼侉，多麼讓天下講英文的人都不敢相認，他還是讓日軍軍官懂了，車壞了，正修理，但一直修不好，日軍軍官對七、八個士兵說了兩句話，士兵們都大聲：「嗨」了一下。日軍官轉向英格曼說：

「必須借用汽車。」

英格曼神父說：「這不是我的個人財產，是教會財產，本人沒有權力借給任何人。」他親愛的老福特是他拋出的替死鬼，必須犧牲它來保住藏在閣樓上和地下倉庫裡的生命，儘管他與老福特的關係更親、更難捨難分。他說了那番話，為了讓日本兵相信，這番割捨對他的迫不得已，除此外教堂再沒有值得他們垂青的物事了。他加了一句：「所以能否請長官打一張借條，我好跟教會財務部門交待？」

日軍軍官看著這老頭，好像說：你難道是在月球上活到現在？連戰爭都不知道是怎麼回事？他用英文說：「到占領軍司令部，拿借條。」

不管英格曼神父和法比怎樣繼續擺出阻攔和講理的姿態，日本兵們已將老福特推出了車庫。日軍軍官坐在駕駛座上，踩了幾腳油門，琢磨了一會兒，就把車踩燃了。日本兵為打到如此之大的獵物歡呼怪叫，都成了一群部落嘍囉，追在汽車後面跑出大門。

法比在英格曼神父身邊很響地喘了一口氣。陳喬治兩眼直瞪瞪的，仍然不太相信，仗真的打進了這個院子，而且就這樣從他身邊又擦身而過。

英格曼說：「他們拿走了我們最值錢的東西，我們應該會安全一些了。」

第十一章

我姨媽孟書娟和女同學們並不清楚外面究竟在發生什麼。她們聽到英格曼氣喘吁吁地噓聲叫喊：「……不要出聲，不要出來。」果真沒有一個人出聲，也沒一個人像前幾天那樣擠在小窗口觀望。遮光的黑簾銜接處有些細縫，露進手電筒的光亮，飛快地晃過來晃過去，如同幾個小型探照燈。但她們都一動不動地躺在自己鋪位上。

直到院子裡響起老福特的引擎聲，幾個膽大的女學生才爬起來，從黑窗簾縫隙裡往院子裡看。什麼也看不清，但能聽得見一大幫男人喊號子。喊的是日本號子。

接下去是歡呼聲。日語的歡呼。

日本兵終於進來了，把英格曼神父相伴十年的老福特開跑——這是她們能判斷出的全部事件。

女孩們坐在被窩裡，議論著日本兵下次再來，不曉得會搶什麼，會幹什麼，書娟想到自己端著一鏟子火星閃爍爍的煤灰站在地下倉庫外面聽到的話。

「她們說，日本兵跑進安全區，找的都是黃花女兒。」書娟說。

女同學明白「她們」指誰。

「她們怎麼曉得？她們藏在這裡。」蘇菲說。

「日本兵找到女人就要，老太婆、七八歲的小丫頭都要！」書娟說。

「造謠！」徐小愚說。

「問英格曼神父去，看誰造謠！」書娟反駁小愚：「前兩天他和法比到安全區去，看到十幾個日本兵強姦一個小姑娘！」

「就是造謠！」小愚大聲說。她不願意相信的消息這麼大吼一聲似乎就被否定了。

書娟不說什麼了。她知道她和小愚之間完了，這是最後的破裂，南京到處淒慘，活著的、死了的人都慘，但目前來說，對於她十三歲的心智，那廣漠無垠的慘還很模糊，而失去小愚的友誼，對於她個人，是最實質的慘。小愚好無情啊，漂亮的女子都無情，正如地下倉庫裡那個漂亮人兒趙玉墨，跟誰多情誰遭殃，多情就是她的無情。

小愚大喊了書娟「造謠」之後，乾脆從書娟身邊搬家，擠到劉安娜身邊睡去了。書娟躺了一陣，起身穿上衣服。當她打開出入口蓋子時，小愚居然還問：「幹什麼去，孟書娟？」

「不要你管。」書娟說。她這樣說是為了給自己掙回面子，讓同學們看看，你小愚子不要我做朋友，正好，我跟你做朋友也做夠了。你小愚拿父親來營救的空話收買了多少人心？你父親鬼影子都沒見一個！就算你父親真有本事營救，謝謝，我不稀罕。

女同學中有兩個人說：「書娟，別下去！……」

小愚悲憤地阻止她們：「不准理她！」

那兩人還乖乖地聽了令，真不來理會書娟了。

看來她孟書娟是被徹底孤立了。她享受著被孤立者的自由。在院子裡東逛西逛，逛到了廚房，說不定能找到點吃的。說不定鍋爐的煤灰還有火星子，能給自己做個小火盆，烤烤冰塊一樣的腳。這麼多天沒用熱水洗過腳，腳在被窩裡捂一夜都還是冷的。她剛走到廚房拐角，就聽到一男一女小聲地對話。男的是喬治，書娟馬上聽出來了。

「……真不行，給了你，神父要把我攆出去的。」

「就煮幾個洋山芋，他又不曉得！」女人說。

「神父把我攆出去，我還要做叫花子！」

「攆出去我養你。」

書娟聽出來，那是紅菱的聲音。

「煮五個，行了吧？」

「不行！」

「三個。」

「……哎喲，嘴巴子掐出洞來了！」

「掐？我還咬呢！」

書娟聽到兩個人的聲音被兩個動物的聲音替代，嚇得原路退回。臭女人的臭肉在這裡賣不出錢，換洋山芋吃都行。書娟退了七、八步，此刻站的地方正好是地下倉庫兩個透氣孔之間。書娟聽見地下倉庫有人哭。她又盤腿坐下，往裡面張望。

哭的可不只一個人，喃呢和另外兩個女人都在哭。人醉了就會那樣哭，一臉傻相，哭聲也傻。趙玉墨也醉了，手裡把著酒碗，哄勸三個女醉鬼。地下倉庫存的這點紅酒，就被她們這樣糟蹋。

「……剛才日本兵我都看見了！」喃呢說，「好兇啊！搞你還不搞死啊？……」

玉墨哄她：「你怎麼會看到日本兵，要看只能看見他們的鞋子！……」

「就是看見了！……」

「好好的，看見了，看見了。」玉墨說。

「我要出去，要走，我不等在這鱉洞裡等他們來搞我！」喃呢越發一臉傻相。

書娟的眼睛仔細搜索，發現少了一個人：戴少校。也許真像他來的時候說的那樣，他本來就不打算在這裡待下去。書娟估計此時該有十點了，戴少校能去哪裡？

李全有的聲音此刻從一個書娟看不見的地方冒出來：「上個屁藥啊！沒用了！」

書娟趕緊換到另一個透氣孔，看到豆蔻跪在小兵王浦生身邊。王浦生上半身赤裸著，胸上搭了一件女人的棉襖，露出的臉跟上次見面不同了，五官被不祥的浮腫抹平，變小了。

「他說什麼？」李全有問豆蔻。

豆蔻說：「他說疼。」

「都臭了，還換什麼藥？」李全有說。「讓他白受疼！」

豆蔻站起身，從李全有手上接過碗，喝了一口，然後又跪到王浦生鋪邊上，把嘴裡的酒灌進小兵嘴裡。

「喝了酒就不疼了。」她說。然後她一口一口把碗裡的酒都灌進王浦生嘴裡。所有人安靜了，都在為王浦生忍痛似的。

從書娟的角度，能看見小兵的上半身微弱地掙扎，要麼就是躲他喝不慣的洋紅酒，要不就是躲豆蔻的嘴唇。小兵雖然奄奄一息，還沒忘了害羞。

豆蔻給王浦生上了藥，把她的琵琶抱起來。琵琶只剩下一根弦，最粗的那根，因而音色低沉、渾厚。豆蔻邊彈邊哼，過一會兒問王浦生：「好聽嗎？」

「好聽。」王浦生說。

「真好聽？」

「嗯。」

「以後天天給你彈。」

「謝謝你……」

豆蔻說：「不要謝我，娶我吧！」

這回沒人拿她當傻大姐笑。

「我跟你回家做田。」豆蔻說，小孩過家家似的。

「我家沒田。」王浦生笑笑。

「你家有什麼呀？」

「……我家什麼也沒有。」

「……那我就天天給你彈琵琶。我彈琵琶，你拉個棍，要飯，給你媽吃。」豆蔻說，心裡一片甜美夢境。

「我沒媽。」

豆蔻愣一下，雙手抱住王浦生，過了一會兒，人們發現她肩膀在動。豆蔻是頭一次像大姑娘一樣哭。

原先在傻哭的喃呢，此刻陪著豆蔻靜靜地哭。周圍幾個女人都靜靜地哭起來。

豆蔻哭了一會兒，拿起琵琶一摔：「都是它不好！把人都聽哭了！就這一根弦，比彈棉花還難聽！」

書娟這時意識到，剛才日本兵的闖入，讓這些女人們變了。她們感到無處安全，沒有任何地方對占領軍是禁地。原先她們知道，這個藏身之地是被戰爭僥倖疏忽的一個夾縫，雖然誰也不知它會被疏忽多久，但今晚日軍的入侵使她們意識到，這疏忽隨時會被彌補糾正，漫入全城的三十萬日本兵正滲進每條小巷、每個門戶、每條夾縫。

書娟離開那個透氣孔時，發現自己眼裡也有淚。她居然讓地下倉庫裡的女人們惹出淚來了！

可能是垂死的王浦生讓書娟難受。也可能是豆蔻孩子氣的「求婚」勾起了書娟的傷心。還有可能是豆蔻在一個低音琵琶弦上彈出的調門。那調門是江南人人都熟的「採茶調」。現在江南沒了，只剩下一根弦上的「採茶調」。

書娟的五臟都回蕩著單弦彈奏的「採茶調」，毫不諧趣俏皮，喪歌一樣沉悶。她走進寒氣逼人的教堂大廳，坐在黑暗裡。喪歌般的「採茶調」奇特地讓她想起曾擁有的江南，江南有自己的家，有常常爭吵但吵不散的父母……這一刻她發現她連地下倉庫裡的女人都能容得下，而對父母，她突然感到刺心的想念和永不再見面的恐懼。

這時，她聽見二樓有人說話。她聽見法比·阿多那多的嗓音和戴教官的嗓音。兩個男人似乎在爭執。

很久以後，法比告訴書娟，戴濤和他在一九三七年十二月十八日夜晚的這場爭執是因為少校想要回他的手槍和手榴彈。

戴少校在日本兵劫走福特汽車後就決定離開教堂。他來到法比的臥室門口，輕輕地敲了幾下，同時說：「阿多那多神父，是我，戴濤。」

法比摸著黑一個人在喝酒。聽見敲門他不想回答。他和英格曼神父相處二十多年，兩人都發明出許多方法來避免打擾對方。在這個時辰，火不上房，神父絕不會來敲他的門。

少校還在敲門：「神父，睡了嗎？」

「嗯。有事明天再說吧！」

「明天就太遲了。」少校說。

法比只好把酒瓶藏到床頭櫃和床之間的空檔裡。法比之所以是揚州法比，因為他常常在暗地做徹頭徹尾的中國農夫。跟了英格曼神父二十多年，還是喝不慣西洋人的紅酒、白酒、白蘭地、威士忌，夜晚時分，關上房門，他總是回歸到村子裡的生活中去：呷兩口燙熱的大麯、佐酒小菜也是中國市井小民的口味：幾塊蘭花豆腐乾、半個鹹鴨蛋，或一對板鴨翅膀，可惜這時連那麼謙卑的佐酒菜都沒有，只能對著酒瓶乾呷。

戴少校一進門就聞到一股鄉村小酒家的氣味。他說：「阿多那多神父一個人在喝悶酒啊！」

法比支吾一句，把戴少校請到唯一的一把扶手椅上坐下。仗打到這時，人們不需要眼睛也能準確行動。法比把自己的半瓶酒倒了一點在一個茶杯裡，遞給戴濤，這方面法比也是個中國農夫；多不情願接待的不速之客，一旦請進門，吃喝都有份。

兩人摸黑喝了幾口酒。酒能給難以啟齒的話打通出口。喝了酒，少校開口了。

「不知神父能不能把英格曼神父收繳的武器退還給我。我今晚就離開教堂。」

「今晚上？到哪裡去？」

「還不知道。」

「隨便你到哪裡去，不帶武器比帶武器安全。」

戴濤不去跟法比討論怎樣更安全，只是直奔自己的目的：「能請你幫我這個忙嗎？」

「英格曼神父這時候已經睡了。」

「我知道，我是想，你一定知道英格曼神父把我的手槍和手榴彈放在什麼地方……」

「我不知道。……再說，知道了我也不能給你。」

「為什麼？」戴濤問。

「我怎麼能給你呢？武器是英格曼親自收繳的，還不還給你，也要他來決定。」

「那好，我去找英格曼神父。」戴濤擱下茶杯站起來。

「讓老頭兒睡個安生覺吧！」黑暗中法比的聲音完全是村夫的。

「他會睡得安生嗎？你會睡得安生嗎？」

「你也曉得他不得安生？從打你們進來他就沒得安生日子過了！我們都沒得安生日子過了！」

「所以我要走。」少校的聲音冰冷。

「你一個人走，不把你那兩個部下帶走，我們更不得安生！你要他們連累我們？連累我們十幾個學生？」

法比的話是厲害的，以揚州方言思考的法比此刻有著西方律師的犀利、縝密。

「王浦生拖不了兩天了。李全有腿傷那麼重，怎麼走得了？」少校聽上去理虧了。

「走不了你就扔下他們不管？就跟你們對南京的老百姓似的，說甩下就甩下？」法比指手劃腳，一個個酒味濃厚的字發射在黑暗空間裡，「從來沒見過哪個國家的軍隊像你們這樣，敵人還沒有到跟前，自己先做了自己國民的敵人，把南京城周圍一英里的村子都放上火，燒光，說是不給敵人留掩體，讓你們打起來容易些，結果你們打了嗎？你們甩下那些家都給你們燒光的老百姓就跑了！」

這三十五年中，法比・阿多那多從來沒像此刻一樣感覺自己如此純粹地美國，如此不含糊地和中國人拉開距離。

「現在你跟你們那些大長官一樣，扔下傷的殘的部下就跑！」

戴濤的手已經握在瓷茶缸上，虎口張大，和四指形成一隻堅硬的爪子。沒有手榴彈，就用它消滅一個滿口齜黃的西洋鬼子吧。他和法比只隔一米多的距離，撲上去，把那微禿的腦門砸開，讓他凸鼻凹眼的面孔後面那自認為高中國人一等的腦筋紅的白的全流出來。中國一百多年的屈辱，跟這些西洋鬼子密切相關，他們和日本鬼子一樣不拿中國人當人。他們在中國沒幹過什麼好事。他聽見瓷缸子砸碎顱骨的獨特聲響，以及一個就要完結的生命發出的獨特嗓音，嗓音消除了語言的界限、種族的界限、人畜的界限，這嗓音使他從憤怒到愉悅，再到陶醉，最終達到一種出神入化的境界……

戴濤慢慢放下瓷茶缸，向門口摸去。酒剛剛上頭，抓茶杯抓木了的手，止在恢復知覺。

「對不住。」法比在他身後說。

戴濤順著環廊走著，走過圖書館、閱覽室。剛才他用來克制自己殺人的力氣，遠遠花得比殺人的力氣更大。他累得再無一絲力氣了，連走回那藏身的「鱉洞」的力氣都沒剩下。

戴濤這一夜是在祈禱大廳的長板凳上睡的。他空腹喝的三兩酒使他這一覺睡得如同幾小時的死亡。受難耶穌在十字架上，垂死的目光從耷拉的石膏眼皮下露出，定在他身上。

戴濤醒來的時候，天色剛有點灰白。他渾身冰冷，覺得跟椅子都凍成一體了。他從大廳走到院子裡。好幾天來第一次聽見鳥啼。不知道鳥懂不懂這是人類的非常時期，活下去的概率或許不如牠們。

五分鐘後，他發現自己晃悠到後院的墓園來了。整個教堂，他最熟悉這裡的地形。當時他逃進教堂，就是在這裡著陸的。他撿起一根柏樹枝，用它當掃帚把一座水泥築的洋墓丘掃了掃。他不知道自己為什麼晃悠到墓園來。正如這幾天他大部分行為都漫無目的，缺乏意義。跟窯姐們打牌、擲骰子他越來越煩。跟女人時時待在一塊原來是一件讓人煩得發瘋的事。而且是那樣一群女人，為一點雞毛蒜皮的小事也能吵半天。豆蔻死後，女人們都發了神經質，悲也好樂也好，都是歇斯底里的。開始他還勸她們幾句，後來他覺得勸也無趣，心真是灰到極點。前途後路兩茫茫，身為軍人和一幫脂粉女子廝混，倒不如幾天前戰死爽快。他的悲哀只有一個女人收入眼底，就是趙玉墨。

他想也許到墓園來自己是有目的的：來找被英格曼神父繳走的武器。他尋找武器做什麼？去找日本人報仇？做個獨行俠，殺一個是一個，假如捉到個當官的，讓他帶封信回去，信上寫：「你們欺騙了十多萬中國軍人，槍斃、活埋了他們，從今以後你們背後最好長一雙眼……」

太孩子氣了。

但他必須找到武器。

這時他聽到身後有人說話：「早上好。」

戴濤回過頭，看見英格曼神父站在一棵柏樹下，像一尊守陵園的石人。神父微微一笑，走過來。

「這裡挖不出你要找的東西。」神父說。

戴濤扔下手裡的柏樹枝：「我沒在這裡挖什麼。」

「我看你是沒在挖什麼，」神父又一笑，逗逗少校的樣子，「你該知道，我們活著的人不應該占這些尊貴死者的便宜，把打攪他們安息的東西藏在他們身邊。」

真有意思：英格曼的中文應該說是接近完美的，但怎麼聽都還是外國話。是異族思維系統讓他用中國文字進行的異國情調的表達。

戴濤站起身，左肋的傷痛給了他一個臉部痙攣。英格曼神父擔憂地看著他。

「是傷口痛嗎？」神父問道。

「還好。」戴濤說。

英格曼神父看了一眼墓園，以莊園主打量自己莊園的自負眼光。然後他把躺在墓裡的七位神父向戴濤介紹了一遍，用那種招待會上的略帶恭維的口吻。戴濤迫於自己將要提出的請求，裝出興趣和耐心，聽他扯下去。

「你是不是覺得這些西方人很傻，跑了大半個地球，最後到這裡來葬身？」英格曼神父問。

戴濤哪有閑心閑工夫去琢磨那些。

「你上次跟我談到，你們的總顧問是德國人法肯豪森將軍？我對他是有印象的。」他對著自己心裡的某個突發奇想短促地笑了一聲，「音樂是靈性的產物，哲學和科學又建築在理性基礎上，德國倒是盛產這三種人：音樂家、哲學家和科學家。他們也可以把經濟、軍事也理性化到哲學的地步。所以我認為法肯豪森將軍並不是個好軍事家，而是個好的軍事哲學家。也許我很武斷……」

「神父。」戴濤說。

英格曼神父以為他要發言，但他馬上發現少校剛才根本就沒聽他那番總結性漫談；他等於一直在獨白。他沉默下來，等待著，儘管他大致知道他要談什麼。

「我要離開這裡了。」少校說。

「去哪裡？」

「請你把我的武器還給我。」

「你走不遠的。到處都是日本兵。南京城現在是三十萬日本兵的軍營。假如你帶著武器的話，就更難走遠了。」

「我沒法在這裡再待下去。」戴濤想說的沒有說出來：他覺得在地下倉庫裡，還沒死就開始發霉腐爛了。首先是精神腐爛了。

「你的家鄉在哪裡？」英格曼問道。

戴濤奇怪地看他一眼。「河北。」他回答。他父親是從戰火裡打出來的老粗軍人，身上十幾塊傷疤，連字都不識多少，想升官只有一條路：敢死。他長兄和他都是軍校畢業生，兩個妹妹也嫁給了軍人。他的一家是有精忠報國血統的，但他只願意用最簡短的話來回答神父。

英格曼神父似乎看到了英氣逼人的少校的血統。因為他接下去說：「我看出你和其他軍人不一樣。很多中國軍人讓我看不起，從軍是為了升官發財、霸占女人。」

「您能把我的武器還給我嗎？」

「我們一會兒談它，好嗎？」神父說，「你成家了嗎？」

「嗯。」這個回答更簡短。

「有孩子嗎？」

「有一個兒子。」說到兒子，他心裡痛了一下。兒子五歲，成長的路多漫長啊，有沒有他這個父親會陪伴他呢？

「我母親去世的時候，我才十歲。」英格曼神父說。

老神父的聲音裡一下子充滿那麼多感情，引起了戴少校的注意。

英格曼神父突然看見戴濤一邊嘴角發白。一定是長了口瘡。中國人把它歸結為心火太重，美國人歸結為缺乏維生素引起的免疫力下降從而被病毒感染。看來中、美兩國的診斷此刻都適用於這位少校。那個長口瘡的嘴角和另一個嘴角不在一根水平線上，因此他的嘴角有點歪斜，否則這張微黑的、棱角分明的臉龐應該更加英武。有這樣臉龐的男子應該文可著兵書，武可領兵作戰，但英格曼不能想像人類進入永久和平後，這張臉上會是什麼角色的面譜。

「我父親在我十六歲的時候去世了。」

「您就是在您父親去世以後皈依天主教的嗎？」

「我父母都是天主教徒。」英格曼說。

看到此刻的英格曼，任何人都會詫異，人到了他這歲數，還會那樣思念父母。

「我是二十歲開始學習神學的。那時候我得了嚴重的精神抑鬱症。」

「為什麼？」

「誰知道，反正就那麼發生了。」

英格曼其實沒說實話。那場抑鬱症的誘因是一次失敗的戀愛。他從少年到青年時代最珍重的一份愛情，他原本相信是由雙方暗暗分享的，最終卻發現那不過是他一人的單戀。

「我在病入膏肓的時候，碰到一個流浪老人，得了白喉，差不多奄奄一息。當時我和哥哥一家住在一起。我悄悄把老人扶到農莊上的牲口棚裡，用草料把他藏起來。因為我負責替我哥哥照管牲口，所以除了我沒人會進去。我給他買了藥，每天給他送藥送飯。一條垂危的生命就那樣緩慢地一點點恢復了。他每一點康復都給我充實感，好像比任何事都更讓我感到充實。一個冬天過去了，他才康復過來。他一再感謝我救活了他。其實是他救活了我。我通過救他救了我自己。那個冬天，我不治之症的精神抑鬱竟然好了。給需要救助的人予救助，竟然就能讓自己快樂。」

戴濤聽著英格曼神父用美國思維、英文語法講的往事，不明白他怎麼突然談起如此個人的話題。難道他的意思是說，因為中國有足夠的悲慘生命需要他救助，所以他三十年前來到了中國？或者他像墳墓中的七個神父一樣，到這裡來是因為這裡永遠不缺供他們拯救的、可憐的中國人，而拯救本身可以使他們感覺良好？或者他是在說，他戴濤也應該學他，通過救助地下倉庫裡的兩個傷殘同伴獲得良好感覺？

「我想借這件事告訴你，那個流浪老人是上帝派來的。」他看到戴濤眉間出現一絲抵觸。但他接下去說：「上帝用他來啟示我，要我以拯救他人拯救自己。上帝要我們相互救助，尤其在各自都傷病孱弱的時刻。我希望你相信上帝。在人失去力量和對命運的掌握的時刻——就像此刻，你應該信賴上帝而不是武器。」

這一定是老神父一生中聽眾最少的一場傳教。戴濤看著他想。

「你還會繼續尋找武器嗎？」

戴濤搖搖頭。他當然會繼續尋找，加緊尋找。

第十二章

地下倉庫裡的女人們早上醒來，發現豆蔻不見了。陳喬治說他天將亮時起來燒水，看見豆蔻醉醺醺地在院子裡晃悠。見了陳喬治，她支使他去幫她拿三根琵琶弦。她說她的琵琶只剩一根弦，難聽死了。陳喬治哄她，等天亮了再去幫她拿。她說哪裡等得到天亮？天亮了王浦生就走了，聽不見她彈琵琶了。陳喬治又哄她，說他不識路。她說秦淮河都不認識呀？她指路給陳喬治，說琵琶弦就擱在她梳妝檯抽屜裡。陳喬治告訴她，自己太瞌睡，睡一覺後一定幫她去拿琴弦。豆蔻說：「王浦生等不及了。」然後陳喬治就沒注意她去哪裡了。

等到下午，豆蔻還沒回來。上午法比·阿多那多推了一架獨輪車步行去安全區籌糧，下午回來告訴大家，安全區的羅賓孫醫生搶救了一個十五歲的小姑娘，但沒救活。小姑娘給日本兵輪姦後又捅了好幾刀。小姑娘到死手上還緊緊抓著幾根琴弦。

我根據我姨媽書娟的敘述和資料照片中的豆蔻，想像出豆蔻離開教堂的前前後後。資料照片一共三張：正面的臉、側面的上半身、另一個側面。資料照片是安全區領導為了留下日軍犯罪證據而拍攝的。豆蔻有著完美的側影，即使頭髮蓬亂、面孔浮腫。想來她是哭腫的，也有可能是讓日本兵打的。當時她奄奄一息，被日本兵當屍體棄在當街。事發在早上六點多，一大群日本兵自己維持秩序，在一個劫空的雜貨鋪裡排隊享用豆蔻。雜貨鋪裡有一個木椅，非常沉重，它便是豆蔻的刑具。日本兵們只穿著遮襠布等著輪到自己。

豆蔻手腳都被綁在椅子扶手上，人給最大程度地撕開。她嘴一刻也不停，不是罵就是啐，日本兵嫌她不給他們清靜，便抽她耳光。她靜下來不是因為被暴打降服，而是她突然想到了王浦生。她想到昨夜和王浦生私定終身，要彈琵琶討飯與他和美過活。這一想豆蔻的心粉碎了。

豆蔻還想到她對王浦生許的願：她要有四根弦就彈《春江花月夜》、《梅花三弄》給他聽。她說：「我還會唱蘇州評彈呢！」她怕王浦生萬一閉眼咽氣，自己許的願都落空。

被綁在古老椅子上的豆蔻還昏昏沉沉想到自己怎樣跳出教堂的牆頭，在清晨昏暗裡辨認東南西北。她從小被關在妓院，實際上是受囚的小奴隸，因此她一上街就會迷途。尤其是遍地狼藉的南京，到處殘垣斷壁，到處是火焚後的廢墟，馬車倒在路邊，店鋪空空蕩蕩，豆蔻不久就後悔自己的冒失了。她轉身往回走，發現回教堂的路也忘了。冬天的早晨遲遲不來，陰霾濃重的清晨五點仍像午夜一般黑。豆蔻再走一陣，越走越亂。假如她沒有看見一個給剖開肚子的赤身女人，或者她有一線希望躲過後來那一劫。她聽見三個日本兵走過來時，便往一條偏街上跑。三個日本兵馬上追上來。豆蔻腿腳敏捷，不一會兒便鑽進胡同把追蹤者甩了。就在她穿過胡同時，突然被一堆軟軟的東西絆倒。一摸，竟是一堆露在腹外的五臟。豆蔻的驚叫如同厲鬼。她頓著足，甩著兩隻冰冷黏濕的手在原地整整叫了半分鐘。

豆蔻這一叫就完了。三個已放棄了她的日本兵包圍上來。她的叫聲吵醒不遠處宿營的一個騎兵排，馬上也巡著花姑娘的慘叫而來。

十五歲的豆蔻被綁在椅子上，只有一個念頭：快死吧，快死吧，死了變最惡的鬼，回來掐死、咬死這一個個拿她做便盂的野獸、畜生。這些個說畜話、胸口長獸毛的東西就這樣跑到她的國家來恣意糟踐。她只盼著馬上死去，化成一縷青煙，青煙扭轉變形，漸漸幻化出青面獠牙，帶十根滴血的指甲，刀槍不入，行動如風。把自己想成青面獠牙、刀槍不入的豆蔻又啐又罵，挨了耳光之後，她噴出的不再是唾液、濃痰，而是血。她看見對面的人形畜生被一朵朵血花擊中，淹沒……最大的一朵血花從她的上腹部噴出，然後是她的肩膀，接下去是她的下腹。人形畜生不喜歡一個又吵又鬧、又吐血水的洩欲玩偶，用刺刀讓她乖覺了。

在一九九四年，我姨媽書娟找到了豆蔻另一張照片。這張不堪入目的照片，是從投降的日本兵筆記本裡發現的。照片中的女子被捆綁在一把老式木椅上，兩腿被撕開，腿間私處正對鏡頭。女子的面孔模糊，大概是她猛烈掙扎而使鏡頭無法聚焦，但我姨媽認為那就是豆蔻。日本兵們對這如花少女不只是施暴和淩遲，還把她釘在永恆的恥辱柱上。

我在看到這張照片時想，這是多麼陰暗下流的人幹的事。他們進犯和辱沒另一個民族的女性，其實姦淫的是那個民族的尊嚴。他們把這樣的照片作為戰利品，是為了深深刺傷那個被羞辱的民族的心靈。我自此之後常在想，這樣深的心靈傷害，需要幾個世紀來療養？需要多少代人的刻骨銘心的記憶而最終達到淡忘？

正在發高燒的王浦生看見了三根琵琶弦，眼睛四顧尋找：「豆蔻呢？」玉墨將三根弦裝在琵琶上，為彌留的小兵彈了豆蔻許願的《春江花月夜》。小兵明白了，淚水從燒紅的眼睛裡流出來。

書娟和女同學們是從英格曼神父口中得知了豆蔻的可怕遭遇。英格曼神父是這樣開頭的：「讓我們祈禱，孩子們，為犧牲者祈禱，也為殘暴者能儘早回歸人性而祈禱。」

神父是和法比一塊登上閣樓來的。兩具西方身軀在這個空間難受地屈著背，本來就是祈禱姿式。女孩們相互使眼色，想發現神父們怎麼了，臉都繃成了石膏塑像。

接下來，法比・阿多那多用兩三句話把豆蔻的遭遇講述一遍。英格曼神父卻不滿意，對他說：「應該讓孩子們知道整個事件。」他用了五分鐘，把事件又講一遍。

「孩子們，你們將來都是證人。」英格曼看一眼全體女學生，「萬一這個不在了，那個還能作證。總得有人作證才行。」

女孩們聽完後，也一個個成了石膏塑像。只有當兇險發生在身邊一個熟識者身上，才顯出它的實感、它的真切。女孩中有些想到豆蔻初來的那天，她們為了她盛走一碗湯和她發生的那場衝突。想想豆蔻好苦，十五歲的年華已被貓狗賣了幾回。她但凡有一條活路，能甘心下賤嗎，誰說婊子無情？她對王浦生就那麼一往情深。她們又想到豆蔻一雙長凍瘡的紅手給傷兵們洗繃帶、晾繃帶，想到豆蔻抱著從房檐上掉下來的剛出生不久的小野貓，急得到處找東西餵牠，小貓死了後，她哭著在核桃樹下掩埋牠……女孩們竟心疼不已，覺得哪個窯姐換下豆蔻都行，為什麼偏偏是十五歲的豆蔻呢？

英格曼神父說：「現在，你們立刻收拾東西搬到地下倉庫去，一九二七年，南京事件的時候，我和法比還有幾個神學教授就躲在那裡，躲過了直魯軍和江右軍對教堂的幾次洗劫。所以應該說，那裡比這閣樓安全得多。」

法比當場提出疑問：「合適嗎？那些女人說話行動都是肆無忌憚的……」

「沒什麼比安全更重要。搬吧，孩子們。」

晚飯前，十六個女學生搬到臭哄哄的地下倉庫，三個軍人調換到《聖經》工場去宿營，假如日本兵發現他們，英格曼神父會盡最大努力解釋，說他們是受傷的老百姓，至於日本人會不會相信，只能求上帝保佑。這個建議是戴濤提出的，用意很明顯，男人在這種時候別無選擇，只能保護女人。

晚飯時分，正在地下倉庫喝鹹菜麵湯的女孩們聽見法比對著透氣孔叫著：「徐小愚，你上來一下。」

吉兆把徐小愚的眼睛燃得那麼美麗，讓書娟在剎那間傾倒於這個前密友。小愚上去後，女孩們都擠到透氣孔跟前，看著小愚的秀足來到一雙錚亮的男人皮鞋跟前，同時聽見小愚帶哭腔的歡叫：「爸！……」

後來書娟知道，小愚的父親為了回到南京搭救小愚，賣掉了他在澳門的一爿店面房。他回到南京發現，錢不值錢，日本兵不需要錢就能得到他們想得到的東西。他是個好買賣人，跟日本人做起了買賣，賣古董、珠寶、字畫給他們，還賣了一點骨氣和良心給他們，才得到暢通無阻的通行證，得以把女兒帶出南京。進南京難於上青天，出南京等於上天外天。

總之徐家父女相見的場面像一切離亂人重逢一樣落俗套而毫不例外地感人。就那麼幾分鐘，小愚告訴父親自己如何忍受了飢餓、寒冷、恐怖，以及難以忍受的不洗臉、不洗腳，不然就得用把阿顧泡發了的水去洗。

徐小愚這時蹲下來，蹲得很低，看著擠扁臉觀望他們父女重逢的同學們說：「我爸來接我了！」聽上去，她似乎在說：「天兵天將來接我了！」

所有的人都羨慕她，羨慕到了仇恨的地步，所以此刻沒一個人答腔。連小愚許願要帶走的劉安娜都沉著臉，一聲不吭。這麼幸運幸福的人會記住她的許願嗎？別痴心妄想了。

書娟的眼睛這時和小愚投來的目光碰上了。

小愚站起來，女孩們聽見她說：「爸，我想帶我同學一塊走。」

「那怎麼行？」父親粗聲說。

「我想帶。」

父親猶豫著。二十多秒鐘，女孩們連呼吸都停止了似的。「好吧，你想帶哪個同學？」

小愚從廚房的出入口下來時，十五個女孩還是一聲不敢吭。徐小愚現在手裡握有生殺大權呀！秦淮河女人們和女學生們隔著一層簾子，也一聲不吭，如此的幸運將落在誰頭上，對於她們似乎也是了不起的大事。

徐小愚看著一個個同學，大多數的臉都露出沒出息的樣子，哪怕此刻被挑去當徐家使喚丫頭都樂意。

「劉安娜。」小愚說。

劉安娜愧不敢當地紅著臉，慢慢站起來走到徐小愚身邊。

徐小愚看著剩下的一張張臉，越發眼巴巴，越發沒出息。書娟坐在自己位置上，眼睛朝透氣孔的方向看。她滿心後悔沒跟小愚低頭，現在低頭太晚了，索興裝出一副生死置於度外的淡然。你徐小愚活著出去了，就別管我們的死活吧！

蘇菲蚊子似的說：「小愚，你不是說，也叫你爸帶我走嗎？」

這時書娟想瞪一眼蘇菲，就這樣賣身求榮啊？但她發現小愚正在看自己，小愚的眼睛有善意，但是一種優越者的善意，只要書娟張開嘴，哪怕只叫一聲「小愚」，小愚就滿足了，一切前嫌可以不計，和書娟重修舊好，無論怎樣，孟書娟的家境和在校的品學都配得上做小愚的長久密友。

書娟在那個剎那慌了，嘴怎樣也張不開，眼睛卻直勾勾地看著小愚。她此刻有多麼賤、多麼沒出息，只有她自己知道。

但小愚終於收回了她的目光，小愚再次玩弄了書娟。她還在繼續玩弄同學們。

「抓鬮吧。」小愚說。

她從自己筆記本撕下一頁紙，裁成十四份，在其中一張上畫了一朵梅。

「我不要。你們抓吧！」書娟說，給了小愚一個壯烈的背影。

「來吧！」小愚說，「我爸沒辦法把你們全都帶走……」小愚幾乎在求書娟了。

書娟搖搖頭。

抓鬮的結果，讓一個平時連話都沒跟徐小愚講過幾句的同學跟小愚父女走了，剩下的十三個女孩分了一塊小愚父親帶來的巧克力。準確地說，是十二個女孩，書娟主動提出放棄自己那份巧克力。小愚想用這點甜頭收買被她拋棄的同學，書娟才不給她那份滿足。

那天夜晚是以徐小愚挑選兩個女同學開始，不，應該是從女孩們聽到徐小愚父親的汽車在教堂門口「轟」的一聲啟動開始的。徐大亨的轎車轟然遠去，女孩們突然意識到地下室的夜晚已吞沒了她們。

簾子那邊的喃呢自問自答：「那個同學的爸有錢吧？……到底是有錢人吶。有錢能使鬼推磨。」

「喃呢，你那個開宰鴨場的吳老板呢？他不是也有兩個錢嗎？」

「喃呢兩個腿子沒把他夾緊，讓他跑了！」紅菱的嗓音說。

「閉上你們的臭嘴！」

女孩們聽出，這是趙玉墨的聲音。

「去年他說要給我贖身，娶我做填房。」喃呢說。

「沒見過你這麼傻個瓜，你跟他去了，現在就是鴨貴妃了！」

「說不定現在連人帶鴨子都給日本鬼子殺了！日本鬼子看見喃呢這麼俊的鴨貴妃還了得？……」

「哼，他上一個我夾死他一個！」喃呢的聲音發著狠。

「喃呢，你閉嘴好不好？」

玉墨又一次干涉。

過了一會兒，喃呢哭起來：「是沒我這麼傻個瓜！跟他去了，怎麼也比囚在這個鱉洞裡好！……囚在這鱉洞裡，到頭來說不定還跟豆蔻一樣！……」

女學生本來就一個擠一個，此刻又擠得緊了些。喃呢的哭訴戛然而止，她們猜，一定是誰把棉被捂到她頭上了。

女孩們相互擠靠著睡著了。也不知道是幾點鐘，她們聽見簾子那邊的女人們騷動起來，說是有人在門外按鈴。日本兵？

第十三章

英格曼神父還在閱覽室讀書，這時起身向樓下走去。他走到地下倉庫，衝透氣孔裡說：

「沒關係，我和法比能把他們應付過去的，千萬不要出聲。」

然後他走到《聖經》工場門口，輕輕推開門，卻嚇了一跳，戴濤就站在門口，一副決一死戰的樣子。他身後，桌子拼成的床鋪上，躺著高燒中的王浦生，誰也不知他是睡是醒。李全有連鞋都沒脫躺在毯子下面，一個肩支著身體，隨時要匍匐前進似的。

「不到萬不得已，千萬不要出來。我和法比會打發他們走的。」他伸手拍拍戴濤的肩，居然還微微一笑。

英格曼神父走到門口，聽著門鈴響了幾遍，再響一遍，又響一遍……為夜訪者敞開門是不智的，但拒絕他們卻更愚蠢。這時英格曼神父腦子裡的念頭打過來彈回去，如同一個乒乓球。法比終於出來了，嘴裡冒出黃酒在腸胃裡發酵後的氣味。

英格曼神父打開了大門上半本書大的窺探小窗，一面閃身到它的左邊。他是怕一把刺刀直接從那裡捅進他眼睛。一把刺刀確實直接從那裡捅出來，幸虧他的眼睛沒在窗內等著。門外，汽車大燈的白光從門下縫隙瀉進來。來了一卡車日本兵？

「請問諸位有何貴幹？」英格曼神父多禮地用英文問道。

「開門！」一個聲音說。這是中文。據說許多日軍士兵和低級軍官在占領南京六七天後都會說：「開門！滾出來！糧食！汽油！花姑娘！」因為他們在這六七天裡把這幾個中國詞彙重複了上千遍。

「請問，有什麼事我可以為諸位服務嗎？」英格曼神父的平板單調語調可以用去鎮定任何瘋人。

這回是槍托子跟他對答了。幾把槍托砸在門上，每承受一砸，兩扇門之間的縫就裂開一下。映襯著外面的汽車燈光，可以看到兩扇門之間的門閂，僅僅是一根細鐵棍。

「這裡是美國教堂，幾十年前美國人買下的地皮！讓你們進來，等於讓你們進入美國本土！」法比・阿多那多雄辯的揚州話替代了英格曼神父溫雅的英文，日本兵軟的不吃，給點硬的試試。

果然一個中國人跟法比對答上來。

「大日本皇軍有準確情報，這個教堂窩藏了中國軍人！……」

「胡扯！」法比切斷這個漢奸的話，「占領軍打著搜查中國軍人的幌子，到處搶東西！這花招對我們還新鮮嗎？」

門外靜了一剎那，大概漢奸正在跟日本兵翻譯法比的意思。

「神父大人，」漢奸又說，「不要把拿槍的人逼緊了！」

英格曼神父此時聽到身後傳來響動，他一扭頭，看見幾個持槍的身影從教堂後院過來。看來日本兵早已發現進入這院牆更省力、省口舌的途徑。

英格曼神父壓低聲說：「他們已經進來了！做最壞的打算吧！」

「你們這是侵略！」法比擋住那個直撲門口的士兵，「已經告訴你們了，這裡沒有中國軍人！我這就去安全區找拉比先生！……」

一聲槍響，法比叫了一聲倒下了。他只覺得自己是被巨大的一股力量推倒的，是左肩頭受了這一推，身體馬上失衡。他跌在冰冷的石板地上，才覺得左肩一團滾熱。同時他聽見英格曼神父的咆哮：「你們竟敢向美國神職人員開槍！」神父撲向法比，「法比！……」

「沒事，神父。」法比說。他感覺此刻撲向他的神父，就是二十多年前從講臺上走向他的那個長者；二十多年前，神父似乎為了找一個相依為命的晚輩而找到了法比，而這二十多年，他確實以他的淡漠、隔閡，甚至不失古怪的方式在與法比相依為命。

門打開了，二十多個日本兵向教堂衝鋒。

英格曼神父小跑著跟在他們後面：「這裡絕對沒有中國士兵！請你們立刻出去！」

法比顧不上查看傷勢，大步向院子深處跑去。

《聖經》工場裡的三個中國軍人中，有兩個做好了戰鬥準備。李全有站在門後，手裡拿著一個榔頭，那是他在工場的工具箱裡找到的。他會先放日本兵進來，然後出奇不意地從後面甩一榔頭，再奪下槍支。接下來他和戴少校可以把這座工場當碉堡，用奪下的日本炸彈、子彈拼打一陣。

戴濤蹲在一張桌子後面，桌子迎著門，他手裡拿著的是一把刨煤用的鎬頭。放進兩個日本兵之後突然關上門，他和李全有會同時出擊，冷不防是他們現在唯一的優勢。

剛才法比和英格曼神父的喊聲此刻被他回憶起來：「這裡絕對沒有中國軍人！……」奇怪，他蹲在那裡，覺得自己開始懂得這句話了。

「老李，放下家伙。」戴濤壓低聲音說道，一面迅速蹬掉鞋子。

「不是要拼嗎？」李全有不解了。

「不能拼。想想看，一拼就證明我們是神父收留的軍人了。」

「那咋著？」

「日本人會把教堂搜個底朝天，說不定還會把它轟個底朝天。學生和女人們怎麼辦？」

「……那現在咋辦？」

「脫衣服睡覺。裝老百姓。」

李全有扔下榔頭，正要往桌子拼成的床鋪上摸索，門被撞開，同時進來一道閃電般耀眼的手電光亮。

李全有幾乎要拾起腳邊的榔頭。

「他們是教堂的教徒，家被燒了，無處可去，來投奔我們的。」英格曼神父鎮定地說。

「出來！」漢奸把日文吼喊變成中文吼喊。他連口氣情緒都翻譯得一絲不苟。

戴濤慢慢起身，似乎是睡眠被打攪而不太高興。

「快點！」

戴濤披上法比的舊西裝，跟裡面的毛衣一樣，一看就不是他的，過長過寬。

李全有穿的是陳喬治的舊棉袍，卻嫌短，下襬吊在膝蓋上。他還戴著一頂禮帽，是法比的，大得幾乎壓到眉毛。

「那個是誰？」手電筒指向躺在「床鋪」上的王浦生。

「那是我外甥。」李全有說，「孩子病得可重了，發了幾天高燒……」

沒等李全有說完，兩個日本兵已經衝過去，把王浦生從被窩裡拖了出來。王浦生已經不省人事，此刻被拖向院子，毫不抗拒掙扎，只是喘氣喘得粗重而急促，似乎那條十五歲的、將斷不斷的小命被這麼一折騰，反而給激活了。

「他還是個小孩子，又病得那麼重！」英格曼神父上來求情。

兩個日本兵不搭理老神父，只管把王浦生往院子裡拖。英格曼神父跟上去，想接著說情，但一把刺刀斜插過來，在他的鵝絨長袍胸襟上劃了個口子，頓時間，白花花的鵝絨飛出來，飛在煞白的手電筒光亮裡。英格曼神父愣住了，這一刀刺得深些，就會直插他的心臟。這一刺似乎只為了啟發他的一番想像力：刀夠鋒利吧？進入心臟應該同樣輕而易舉。對於這樣的刀尖，心臟是個無比柔弱、無處逃遁的小活物。而英格曼此刻把這一刀看成是挑逗，對他威風、威嚴的戲弄，怎麼用刀跟他比劃如此輕佻的動作？他更加不放棄地跟在兩個拖王浦生的士兵後面：「放下他！」

英格曼的猛烈動作使鵝絨狂飛如雪花，在他身邊形成一場小小的暴風雪。

「看在上帝的分上，放下他！」

他再次擋住兩個日本兵，並把自己的鵝絨袍子脫下，裹在十五歲男孩的身上。躺在地上的王浦生喘得更加垂死。

一個少佐走上來，用穿馬靴的腳尖踢踢王浦生，說了一句話。翻譯馬上譯出那句話：「他是被刺刀扎傷的。」

英格曼說：「是的。」

「在哪裡扎的？」

「在他家裡。」

「不對，在刑場上。他是從刑場上被救下來的中國戰俘。」

「什麼刑場？」英格曼神父問道。

「就是對中國戰俘行刑的刑場。」翻譯把日本少佐幾乎忍不住的惱火都翻譯過來。

「噢，你們對中國戰俘行刑了？」英格曼神父問，「原諒我的無知。原來日軍把自己當作《日內瓦戰俘法規》的例外。」

少佐長著日本男人常見的方肩短腿，濃眉小眼，若不是殺人殺得眼發直，也不失英俊。他被英格曼噎了幾秒鐘，對翻譯說了一句話。

「少佐先生說，現在你對你借教堂之地庇護中國軍人，沒什麼話可說了吧？」

「他們怎麼可能是軍人呢？」英格曼神父指著站在一邊的戴濤和李全有。

這時，一個日本士兵推著一個四十多歲的中國男人走過來。翻譯說：「這位是日軍雇的埋屍隊隊員，他說有兩個沒被打死的中國戰俘給送到這裡來了。」他轉向埋屍隊隊員，「你能認出他倆嗎？」

埋屍隊隊員熱心地說：「能認出來！」他一抬頭就指著戴濤，「他是一個！」

法比大聲罵道：「你個狗！你狗都不如！」

英格曼立刻知道這人根本不認識或記不清當時被營救的人的模樣。

兩個日本兵躥向戴濤，眨眼間一人抓住戴濤一條胳膊。戴濤從容地任他們把他雙臂背到身後，忍住左肋傷口的鑽心疼痛。

英格曼神父對埋屍隊隊員說：「你在撒謊，今生今世這是你第一次見這位先生。」

少佐通過翻譯對埋屍隊隊員說：「你認清了嗎？」

法比．阿多那多用揚州話大聲說：「他認清個鬼呀！他是為了保自己的命在胡咬！」

少佐叫那兩個士兵把戴濤押走，英格曼神父再次上去，但少佐一個耳光打過來，神父被打得趔趄一下。

「認錯人了！」李全有此刻說，他拖著傷腿，拄著木拐，盡量想站得挺拔些。他對埋屍隊隊員說：「你看看我，我是不是你搭救的那個？」

「我沒有搭救！是他們搭救的！」埋屍隊隊員慌忙開脫自己。

「你不是說認識那倆人嗎？你怎麼沒認出你爺來呀？」李全有拇指一翹，指向自己的鼻子，兵痞子的樣兒上來了。

「他們都是普通老百姓！」英格曼神父說，他知道這是他最後的爭取，然後他只能像對待他親愛的老福特那樣放棄他們。既然這是最後的爭取，他反而無所顧忌，上去護住戴濤。他和這個年輕少校談得那麼投契，他想跟他談的還多著呢……他覺得又一記耳光打過來了，耳朵嗡嗡地響起來，他看見少佐捏捏拳，甩甩腕子，打完人他的手倒不舒服了。

陳喬治這時從廚房後面出來，似乎想為神父擦拭鼻孔和嘴裡流出的血。日本人朝教堂逼近時，他正在床上和紅菱做露水夫妻；他付給紅菱的費用是每天三個洋山芋。好事辦完，兩人都暖洋洋地睡著了。是日本人向法比開的那一槍把他們驚醒的，他囑咐完紅菱自己找地方躲藏，便往院子中溜去，他藏在一小堆燒壁爐的柴火後面，始終在觀望局勢。陳喬治胸無大志，堅信好死不如賴活著，最近和紅菱相好後，覺得賴活著竟也有千般滋味。他看見英格曼神父袍襟上被刺刀挑破的口子，又看見神父吃耳摑子，不由得提起一根木柴。尊貴的神父居然挨耳摑子，這些倭寇！連給神父提夜壺都不配！但他不久又放下木柴，因為二十多個荷槍實彈的鬼子可招不得、惹不得。他蹲趴在原處，進退不能，讓「賴活著」的信念在他狹窄的心胸中壯大，一面罵自己忘恩負義，不是東西。英格曼神父把他從十三歲養大，供他吃穿，教他認字，發現他實在不是皈依天主堂的材料，還是不倦地教他讀書。神父固然是無趣的人，但這不是神父的錯，神父待他也是嫌惡多於慈愛，遠不如那匹落井的小馬駒。但沒有英格曼神父，他只能從一個小叫花長成一個大叫花，命大的話或許做一個老叫花壽終正寢，沒有乏趣刻板的神父，哪來的教堂廚師陳喬治？難道如花美眷紅菱看中的不是人五人六的廚子陳喬治？以及他褲腰帶上拴的那把能打開糧櫃的鑰匙？想到此，他看見英格曼神父挨了第二個耳摑子，牙一定打掉了，他的牙都為老神父疼起來。

陳喬治剛接近英格曼神父就被一名日本兵擒住。

「他是教堂的廚子！」法比說道。

少佐問埋屍隊隊員：「你認識這個嗎？」

埋屍隊隊員看著手電筒光環中臉煞白的中國青年，似乎在辨認他，然後含糊地「嗯」了一聲。

英格曼從鬆動的牙齒中吐出一句話：「他是我七年前收養的棄兒。」

少佐問埋屍隊隊員：「這幾個人裡面，還有誰是中國軍人？」

埋屍隊隊員從一日本兵手裡拿過手電筒，挨個照著每一個中國男人。

「我已經告訴你們了，我收留的都是普通老百姓，是本教堂的教徒。」英格曼神父說。

埋屍隊隊員的手電筒此刻對準李全有的臉，說道：「我認出來了，他是的。」

戴濤說：「你不是認出我了嗎？怎麼又成他了？」

法比說：「所以你就在這裡瞎指！你根本誰都不認識！你把我們的廚子都認成軍人了，瞎了你的狗眼！……」他指著陳喬治。陳喬治腆著過早凸顯的廚子肚，一動也不敢動，眼皮都不敢眨，只敢讓眼珠橫著移動，因此看起來像圖謀不軌。

少佐脫下白手套，用食指尖在陳喬治額上輕輕摸一圈。他是想摸出常年戴軍帽留下的淺槽。但陳喬治誤會他是在挑最好的位置砍他的腦瓜，他本能地往後一縮，頭躲了出去。少佐本來沒摸出個所以然，已經懊惱不已，陳喬治這一聳，他「唰」的一下抽出了軍刀。陳喬治雙手抱住腦袋就跑。槍聲響了，他應聲倒下。

戴少校說：「你們打死的是無辜者！我是中國軍人，你們把我帶走吧！」

法比扶起仍在動彈的陳喬治，陳喬治的動彈越來越弱，子彈從後面打過來，又從前面出去，在他氣管上鑽了個洞，因此他整個身軀都在通過那個洞眼漏氣，發出「嗤嗤」聲響，鼓鼓的身體逐漸漏癟了。

陳喬治倒下後還掙扎了一陣，正掙扎到地下倉庫的一個透氣孔前面。隔著鐵網十幾雙年輕的眼睛在黑暗裡瞪著他。這個廚藝不高但心地很好的年輕廚子跟女學生們沒說過幾句話，死的時候卻離她們這麼近。

書娟用手背堵住嘴巴，要不她也會像蘇菲那樣發出一聲號叫。蘇菲現在被另一個女同學緊緊抱在懷裡，並輕輕地拍撫她。膽大一點的同學在這種情況下就成了膽小女孩的長輩。

少佐仔細地打量了戴濤一眼。職業軍人能嗅出職業軍人。他覺得這個中國男人身上散發出一種好軍人的嗜血和冷酷。

少佐轉向英格曼神父，通過翻譯把他的得意翻譯過去：「哈，神父，美國的中立地帶不再中立了吧？你還否認窩藏日軍的敵人嗎？」

戴濤說：「我是擅自翻牆進來的，不干神父的事。」

英格曼神父說：「他不是日軍的敵人。他現在手無寸鐵，當然是無辜老百姓。」

少佐只用戴白手套的手打了一個果斷手勢，叫士兵們把活著的三個中國男人都帶走。

法比說：「你們說只帶走兩個的！已經打死我們一個雇員了！」

少佐說：「如果我們發現抓錯了，會再給你們送回來。」

法比叫道：「那死錯了的呢？」

少佐說：「戰爭中總是會有很多人死錯的。」

英格曼神父趕到少佐前面：「我再警告你一次，這是美國的地盤，你在美國境內開槍殺人，任意抓捕無辜的避難者，後果你想過沒有？」

「你知道我們的上級怎樣推卸後果的嗎？他們說：那不過是軍隊中個人的失控之舉，已經對這些個人進行軍法懲處了，實際上沒人追究過這些『個人之舉』。明白了嗎，神父？戰爭中的失控之舉每秒鐘都在發生。」少佐流暢地說完，又由翻譯流暢地翻譯過去。

英格曼神父啞口無言。他知道日軍官方正是這樣抵賴所有罪行的。

戴少校說：「神父，對不起，我擅自闖入這裡，給您造成了不必要的驚擾。」他舉起右手，行了個軍禮。

戴濤的聲音在趙玉墨聽來好美。她忘了問他的家鄉在哪裡。也許少年從戎的少校四海為家，口音也五味雜陳。她就要這樣眼睜睜地看著他被拉走了，前天晚上還沒想到他和她會這樣分手。前天晚上他告訴她，他本該早就離開教堂了，之所以推延行程，是因為他一直在偷偷尋找自己的武器。他還說，帶慣手槍的男人就像戴慣首飾的女人一樣，沒有它，覺得底氣不足。說著，他向她使個眼色，她明白，他約她出去。

他們先後從地下倉庫裡上到地面。真的像一場祕密幽會，眉梢眼角都是含意。兩人沿著垮塌的樓梯，向垮塌的鐘樓攀登。她記得他在黑暗裡向她伸出手，怕她跌倒，同時還說了一句：「就把它當古代廢墟探險。」

鐘樓上風都不一樣，更冷一些，但似乎是自由的風。因為坍塌造成的空間十分不規則，人得把身體塑成不規則的形狀，在裡面穿行，站或坐。戴濤拿出一副袖珍望遠鏡，自己先四周看了一會兒，把它遞給她，月光裡能看到隱約的街道，街道伸出枝蔓般的小巷，再連著葉片般的房宅。只是房宅此刻看起來全是焦黑的。僅僅因為不斷在某處響起槍聲，才讓人意識到這不是一座千百年前就絕了人跡的荒城，還有生命在供槍彈獵殺。

「你們的家應該在那個方向。」戴少校誤以為她拿著望遠鏡看了那麼久，為的是尋找秦淮河。

「我不是在找它，」她淒涼地笑笑，「再說那又不是我的家。」

戴少校不語了，意識到她的淒涼是他引出的。

兩個人沉默了一會兒，戴濤問她在想什麼。她在想，該不該問他，家在哪裡，有孩子嗎？太太多大？但她意識到這是打算長期相處的人展開的提問。假如他問她這類話，她都懶得回答。

所以她說：「我在想啊……想香煙。」

戴濤微微一笑，說：「正好，我也在想抽煙。」

兩人會心地對視一下，把視線轉向廢城的大街小巷。假如此刻能聽見香煙小販帶著小調的叫賣聲，就證明城市起死回生了，他們可以從這裡出去了。香煙小販的叫賣是序曲，不久餛飩和麵攤子、炸臭豆腐攤子的叫賣聲，都會跟上來。他和她可以找個好地方，先吃一頓晚餐，再找個舞廳，去跳一晚上舞。

也許戴濤想的和她想的大同小異，因為他長嘆一口氣，說：「這也是緣分。不然我這麼個小小團副，怎麼約得動你玉墨小姐。」

「你又沒約過我，怎麼知道約不動？」

「不是我約你上樓觀景的嗎？」他笑笑，頭一擺，表示他正拿出這座殘破鐘樓和樓外一片慘景來招待她。

「這也算？」

「怎麼不算？」

他站得很彆扭，大概傷痛都給那站姿引發了，所以他往她面前移動一點。在月光的微亮中，她看著他。她知道，趙玉墨這一看是要傾國傾城的。

「當然不算。」她看著他說。

他管得了一個團的官兵，現在自己的心比一個團還難管。他就要不行了，但他還是沒有動，把他自己的心作為那個團裡最難管的一名官兵來管束。管束住了。

「那好，不算吧。等以後約你出去吃飯、跳舞，再算。」他說。

「我記著了啊。」她慢慢地說，「你要說話不算話，不來約我我可就要……」她越發放慢語速。

「你要怎麼樣？」

「我就要去約你。」

他嘿嘿地笑起來：「女人約男人？」

「我這輩子第一次約男人，所以你最好當心點。」她伸出手，輕輕一揮他的面頰。這是個窯姐動作。她又不想裝良家女子，他還沒受夠良家女子？她要他記住的，就是她欠他的一次款待，純粹的、好貨色的窯姐式款待。為她許願的這場活色生香的情欲款待，他可要好好活著，別去仗著血性胡拼。

「那我也記住了。」

「記住什麼了？講一遍我聽聽。」

「記住南京的美人兒玉墨要約我，就為這個，我也不能死。」他半認真地笑道。在外帶兵的男人都是調情老手，他讓她看看，他調情調得不比她遜色。

他們倆從鐘樓上下來後，在環廊上分手。他說他要去找法比。她問他那麼晚找法比做什麼。他詭祕地衝她笑笑。

玉墨此刻想到的就是戴濤最後的笑臉。

從透氣孔看，一個日本兵用腳踢著躺在地上的王浦生，一面吼叫。一定是吼叫：「起來！站起來！……」

奄奄一息的小兵發出的聲音太痛苦、太悲慘了，女人們聽得渾身冷噤。

「我從來沒有見過你們這樣殘忍的軍隊！」神父上去，想拉開正抬起腳往王浦生肚子上踹的日本兵，又一刺刀劃在他的袍子上，飛雪般的鵝絨隨著他飄，隨著他一直飄到少佐面前：「請你看在上帝的面上，饒了這個孩子！……」

少佐抬起指揮刀阻止神父近前。李全有的位置離少佐只有一步，他突然發力，從側面撲向年輕的日本軍官。誰都沒反應過來，兩人已扭作一團。李全有左臂彎勾住少佐的脖子，右手掐在了少佐氣管上。少佐的四肢頓時一軟，指揮刀落在地上。李全有換個姿式，左手也掐上去。日本兵不敢開槍，怕傷著少佐，挺著刺刀過來解救。在士兵們的刺刀插入李全有的胸口時，少佐的喉嚨幾乎被李全有的兩個虎口掐斷了。他看著這個陌生的中國軍人的臉變形了，五官全凸出來，牙齒也一顆不落地暴露在嘴唇之外。這樣一副面譜隨著他手上力量的加強而放大、變色，成了中國廟宇中的護法神。他下屬們的幾把刺刀在這個中國士兵的五臟中攪動，每一陣劇痛都使他兩隻手在脖子上收緊。少佐的手腳已癱軟下來，知覺在一點點離散。垂死的力量是生命所有力量之最、之總和。

終於，那雙手僵固了。那雙緊盯著他眼睛的眼睛散神了。只有牙齒還暴露在那裡——結實的、不齊的，吃慣粗茶淡飯的中國農民的牙齒。這樣一副牙齒即便咬住的是一句咒語，也夠少佐不快的。

少佐調動所有的意志，才使自己站穩在原地。熱血從喉嚨散開來，失去知覺的四肢蘇醒了。他知道只要那雙虎口再卡得長久一點，長久五秒鐘，或許三秒鐘，他就和這個中國士兵一同上黃泉之路了。他感到脖子一陣劇痛，好了，知道痛就好。

少佐用沙啞的聲音命令士兵們開始搜查。教堂各處立刻充滿橫七豎八的手電光柱。英格曼神父站在原地進入了激情而沉默的禱告。法比的眼睛慌亂地追隨著衝進《聖經》工場的一串手電筒光亮。女學生們的十六個鋪位還完好地保存著，十六張草墊和十六張棉褥，以及一些唱詩班禮服將是日本兵的線索。他們萬一聯想豐富，以一套套黑呢子水手裙聯想到它們包藏的含苞待放的身體……誰能料到事情會糟到怎樣的程度？

發現閣樓入口是不難的，法比很快看見手電筒的光柱晃到了閣樓上，從黑色窗簾的縫隙露出來。

搜查餐廳、廚房的士兵似乎無獲而歸，法比鬆了一口氣，通向地下倉庫的入口被一個烤箱壓住，烤箱和廚房裡其他廚具搭配得天衣無縫。

其實進入廚房的日本兵很快就產生出另一個搜查動機；他們撬開陳喬治鎖住的櫃子，從裡面拖出一袋土豆和半袋麵粉。幾十萬日軍進城後，也在忍受飢餓，所以此刻士兵們為找到的糧食歡呼了一聲。

就在一層地板下面，女學生們和窯姐們的杏眼、丹鳳眼，大大小小的眼睛都一眨不眨地瞪著天花板，瞪著入口處的方形縫隙把手電光漏進來。

隔著一層簾子，窯姐們聽到兩三個女學生發出尖細的哼哼，像哽咽更像呻吟。玉笙用兇狠的啞聲說：「小祖奶奶，再出聲我過來弄死你！」

喃呢用滿手的灰土抹了一把臉。玉笙看看她，兩手在四周摸摸，然後把帶汗黑蜘蛛網的塵土滿頭滿臉地抹。玉墨心裡發出一個慘笑：難道她們沒聽說？七十多歲的老太太都成了日本畜生的「花姑娘」。只有紅菱一個人不去看那方形出入口，在黑暗裡發愣，隔一分鐘抽噎一下。她看著陳喬治怎樣從活蹦亂跳到一灘血肉，她腦子轉不過這個彎來。她經歷無數男人，但在這戰亂時刻，朝不保夕的處境中結交的陳喬治，似乎讓她生出難得的柔情。她想，世上再沒有那個招風耳、未語先笑的陳喬治了。她實在轉不過這個彎子。紅菱老是聽陳喬治說：「好死不如賴活著。」就這樣一個甘心「賴活」，死心塌地、安分守己「賴活」到底的人也是無法如願。紅菱木木地想著：可憐我的喬治。

紅菱發現玉墨手裡攥著一件東西，一把做針線的小剪刀，不到巴掌大，但極其鋒利。她看見過玉墨用它剪絲線頭，剪窗花。早年，她還用它替紅菱剪眼睫毛，說剪幾回睫毛就長黑長翹了，紅菱如今有又黑又翹的眼睫毛，該歸功玉墨這把小剪子。它從不離玉墨的身，總和她幾件貼身的首飾放在一塊。她不知玉墨此刻拿它要剪什麼。也許要剪斷一條喉嚨和血脈，為即將和她永訣的戴少校守身和報仇。

搜查廚房的日本兵還在翻箱倒櫃，唧哩哇啦地說著什麼。每發出一聲響動，女學生那邊就有人抽泣一下。

喃呢悄聲說：「玉墨姐，把你的剪子分我一半。」

玉墨不理她，剪子硬掰大概能掰成兩半，現在誰有這力氣？動靜弄大了不是引火燒身？人人都在羨慕玉墨那把剪子。哪怕它就算是垂死的兔子那副咬人的牙，也行啊！

玉笙說：「不用剪子，用膝蓋頭，也行。只要沒把你兩個膝蓋捺住，你運足氣猛往他那東西上一頂……」

玉墨「噓」了一聲，叫她們別吭氣。

玉笙的過房爹是幹打手的，她幼時和他學過幾拳幾腿。她被玉墨無聲地呵斥之後，不到一分鐘又忘了，又傳授起打手家傳來。她告訴女伴們，假如手沒被縛住，更好辦，抓住那東西一捻，就好比捻脆皮核桃。使出呷奶的勁，讓他下不出小日本畜生。

玉墨用胳膊肘使勁搗她一下，因為頭頂上的廚房突然靜了。似乎三個日本兵聽到了她們的耳語。

她們一動不動地蹲著、坐著、站著，赤手空拳的纖纖素手在使著一股惡狠狠的氣力，照玉笙的說法，就像捻碎一個脆皮核桃，果斷，發力要猛，凝所有爆發力於五指和掌心，「咔嚓嚓」……

玉墨手捏的精細小剪子漸漸起了一層濕氣，那是她手上的冷汗所致。她從來沒像此刻這樣鍾愛這把小剪刀。她此刻愛它勝於早先那個負心漢送她的鑽石戒指。她得到小剪刀那年才十三歲。妓院媽媽丟了做女紅的剪刀，毒打了她一頓，說是她偷的。後來剪刀找到了，媽媽把它作為賠不是的禮物送給她。玉墨從那時起下決心出人頭地，擺脫為一把剪刀受辱的賤命。

一個女孩又抽泣一聲。玉墨撩開簾子，咬著牙用耳語說：「你們哭什麼？有我們這些替死鬼你們還怕什麼呢？」

書娟在黑暗中看著她流水肩、楊柳腰的身影。多年後書娟把玉墨這句話破譯為：「我不下地獄，誰下地獄。」

玉墨回到簾子另一邊，從透氣孔看見日本兵拖著渾身沒穿衣服只穿綳帶的王浦生往大門方向走。

王浦生疼得長嚎一聲。戴濤大聲說：「這孩子活不了兩天了，為什麼還要……」戴濤的話被一聲劈砍打斷。兩天前玉墨企圖用一個香豔的許願勾引他活下去，他說他記住了。現在他存放著那個香豔記憶的頭顱落地了。

已經沒有活氣的王浦生突然發出一聲怪叫：「我日死你八輩日本祖宗！」

翻譯沒有翻這句中國鄉下少年的詛咒。

王浦生接著怪叫：「日死你小日本姐姐，小日本妹妹！」

翻譯在少佐的逼迫下簡單地翻了一句。少佐用沾著戴少校熱血的刀刺向王浦生，在他已潰爛的腹腔毫無必要地一刺再刺。

玉墨捂住耳朵，小兵最後的聲音太慘了。兩天前豆蔻還傻里傻氣地要彈琵琶討飯和這小兵白頭偕老的呀，這時小兩口一個追一個地做了一對年輕鬼魂。

手電筒光亮熄了，雜沓的軍靴腳步已響到大門口。接著，卡車喇叭「嘟」地一聲長嗚，算作行兇者耀武揚威的告辭。當卡車引擎聲乘勝遠去時，女人們和女孩們看見英格曼神父和法比的腳慢慢移動，步子那麼驚魂未定，心力交瘁。他們在搬動幾個死者的屍體……

玉墨「嗚嗚」地哭起來。從窗口退縮，一手捏住那把小剪刀，一手抹著澎湃而下的淚水，手上厚厚的塵土，抹得她面目全非。她是愛戴少校的，她是個水性楊花的女人，一顆心能愛好多男人，這三個軍人她個個愛，愛得腸斷。

這時是淩晨兩點。

第十四章

一九三七年十二月二十日的清晨六點，兩位神父帶領十三個女學生為死去的三個軍人和陳喬治送別。女孩們用低啞的聲音哼唱著安魂曲。我十三歲的姨媽書娟站在最前面。日本兵離去後，她們就用白色宣紙做了幾十朵茶花。現在，一個簡陋的花環被放在四具屍體前面。剛才女孩們抬著花環來到教堂大廳時，玉墨帶著紅菱等人已在堂內，她們忙了幾小時，替死者淨身更衣，還用剃刀幫他們刮了臉。戴少校的頭和身體已歸為一體，玉墨把自己的一條細羊毛圍脖包紮在他脖子的斷裂處。她們見女孩們來了，都以長長的凝視和她們打個招呼。

只有書娟的目光匆匆錯開去。她心裡還在怨恨，在想，世上不值錢、不高貴的生命都耐活得很，比如眼前這群賣笑女人，而高貴者如戴少校，都是命定夭折，並死得這般慘烈。

她看妓女們全穿著素色衣服，臉色也是白裡透青，不施粉黛的緣故。趙玉墨穿一襲黑絲絨旗袍，守寡似的。她的行頭倒不少，服喪的行頭都帶來了。書娟很想剜她一眼，又懶得了。妓女們在鬢角戴一朵白絨線小花，是拆掉一件白絨線衣做的。

英格曼神父穿著他最隆重的一套服飾，因長久不穿而被蟲蛀得大洞小眼。他一頭銀白色的頭髮梳向腦後，戴著沉重的教帽，杵著沉重的教杖走上講臺。

葬禮一開始，書娟就流下眼淚。我姨媽孟書娟是個不愛流淚的人，她那天流淚連她自己也很意外。她向我多次講述過這三個中國戰士的死亡，講述這次葬禮，總是講：「我不知道到底哭什麼，哭得那麼痛。」老了後書娟成了大文豪，可以把一點感覺分析來分析去，分析出一大堆文字。她分析她當時流淚是因為她對人這東西徹底放棄了希望：人怎麼沒事就要弄出一場戰爭來打打呢？打不了幾天人就不是人了，就退化成動物了，而動物也不吃自己的同類呀。這樣的忍受、躲避、擔驚受怕，她一眼看不到頭。站在女伴中低聲哼唱著安魂曲的書娟，眼睛淚光閃閃，看著講壇下的四具遺體。

她從頭到尾見證了他們被屠殺的過程。人的殘忍真是沒有極限，沒有止境。天下是沒有公理的，否則一群人怎麼跑到別人的國家如此撒野？把別人國家的人如此欺負？她哭還因為自己國家的人就這樣軟弱，從來都是受人欺負。書娟哭得那個痛啊，把沖天冤屈都要哭出來。

早晨七點，他們把死者安葬在教堂墓園中。

英格曼神父換上便於走路的膠皮底鞋，去安全區報告昨夜發生的事件，順便想打聽一下，能否找到交通工具把十幾個女學生偷偷送出南京。哪怕能有一輛車，把女孩子們安全運送到拉比先生家裡，或者讓她們在羅賓孫醫生住處擠一擠都行。只要有一兩名安全區委員會的委員跟隨車子，保障從教堂到拉比先生或羅賓孫醫生的宅子五公里路程上不被日軍截獲。發生了昨夜的事件，英格曼神父認為教堂不但不安全，而且似乎被日軍盯上了。他覺得日軍在搜查閣樓之後，一定會懷疑那些女學生們沒有離開，從而懷疑法比給他們的解釋：在南京陷落前，所有女學生都被家長帶走了。英格曼神父甚至恐懼地想到，日本兵連女孩們的氣味都能聞出來。他記起昨夜，似乎聽到一個女孩失聲叫喊了一聲。但願那是錯覺，是緊張到神經質的地步發生的幻聽。

就在英格曼神父分析自己是否發生過剎那的聽覺迷亂時，隔著半個地獄般的南京城，那位日本少佐也在想他昨夜聽到的一聲柔嫩叫喊是怎麼回事。

當然，我這樣寫少佐當然是武斷的、憑空想像的。不過根據他這天下午就要付諸的行動，我覺得我對少佐的心理揣摩還是有些依據。在那個年輕的教堂廚師被子彈打中倒地時，少佐聽見了一聲少女的叫喊。很年輕的聲音，乳臭未乾。接下去少佐聽了搜索閣樓的士兵的報告，說閣樓是個集體閨房。離開教堂後，他把那聲叫喊和十幾個鋪位、十幾套黑色水手禮服裙聯想起來，懷疑那十幾個女孩子就藏在教堂裡。少佐想像著十幾個穿著黑呢子水手裙的少女，她們的皮膚在手掌上留下的手感一定就像昂貴的鮮河豚在嘴唇和舌頭上留下的口感，值得為之死。他肉體深處被吊起的饞欲使他大受煎熬。少佐和大部分日本男人一樣，有著病態的戀童癖，對女童和年輕女子之間的女性懷有古老的、罪惡的慕戀。少佐把那聲似有若無的叫喊想成她奉出初夜的叫喊，越想越迷醉。那聲叫喊是整個血腥事件中的一朵玫瑰。假如這病態、罪惡的情操有萬分之一是美妙的；假如沒有戰爭，這萬分之一的美妙會是男人心底那永不得抒發的黑暗詩意。但戰爭使它不同了，那病態的詩意在少佐和他的男同胞身心內立刻化為施虐的渴望。作為戰勝者，若不去占有敵國女人，就不算安全地戰勝，而占有敵國女人最重要的是占有敵國女性中最美的成分——那些少女們。所以少佐要完成他最後的占領，占有敵國少女，占有她們的初夜。

我想少佐大概花費了大半天工夫才尋找到那盆聖誕紅。他打算帶著聖誕禮物，帶著花，以另一種姿態去揿響威爾遜教堂的門鈴，有了一盆聖誕紅，他就不再是昨夜那個執行軍務時不得已當了屠夫的占領軍軍官了。

先讓英格曼神父去和安全區的領導們商討如何把女學生們偷運出教堂的乏味枯燥的細節吧。也讓少佐去上天入地地尋找他認為下午造訪必不可缺的聖誕紅吧。我還要回到教堂墓園，這是早上七點一刻左右，英格曼神父剛剛出門。

秦淮河的女人們和女孩們都離開了，只有玉墨一人還站在戴濤的墓前。

法比回過頭，調整一下胳膊上的繃帶說：「走吧，像要下雨了。」

玉墨用手背在臉上蹭一下，動作很小，不希望法比看見她在擦淚。

法比站在原地等了一會兒，見玉墨沒有走的意思，又回來，一邊說：「趕緊回去，外頭不安全。」

玉墨回過頭，兩隻大眼哭小了、哭紅了，跟鼻頭在小小的蒼白臉上形成三點紅。她現在不僅不好看，還有點醜。但法比覺得她那麼動人。他還看到她這二十五歲錯過的千萬個做女教師、女祕書、少奶奶、貴婦人的可能性。但他現在相信正因為她沒有了那千萬個幸運的可能性而格外動人。那被錯過的千萬個可能性之一，是二十多歲的法比剛從美國回來，偶遇一個十來歲的小姑娘，正要被賣進堂子，法比拿出全部的積蓄付給了出售小姑娘的男人。那小姑娘告訴法比，她叫趙玉墨。這是他和她共同錯過的可能性。

因此，法比此刻問她：「你家裡還有什麼人嗎？」

「大概還有吧。」她心不在焉地說，「問這個做什麼？」

「怕萬一有什麼事情……不怕一萬，只怕萬一，失去聯繫了，我還能找到你家裡人。」

「怕萬一我死了？」玉墨慘笑一下，「對我家裡人來說，我死了跟我活著沒什麼兩樣。」

法比不說話了，肩上的槍傷疼得緊一陣、慢一陣。

「他們只要有大煙抽就行。幾個姐妹夠他們賣賣，買煙土的。」

「你有幾個姐妹？」

「我是老大，下面還有兩個妹妹，一個弟弟，我媽沒抽大煙的時候，我也不比那些女學生差，也上過好學校，我上過一年教會學校。」

她把父親怎麼把她抵押給她堂叔，堂嬸最終怎麼把她賣到南京的「少年時代」簡單地敘述一遍。無比家常地、自己都覺得過分平淡無趣地進述著。講到那把小剪刀讓她遭到的羞辱和屈打，講到小剪刀讓她切齒立志：哪怕就是用這下賤的營生，她也要出人頭地。

這時法比和她已坐在教堂大廳裡，做完安魂彌撒的焚香和蠟燭氣味尚未消散。玉墨在最前面一排椅子上坐下來，順手拿起為教徒準備的《聖經》，尖刻地笑笑。她是在尖刻自己。

法比因為將就槍傷的疼痛，僵著半邊身體站在她對面。她對他講這麼多，讓他有點尷尬，有點愧對不敢當，他又不是她的懺悔神父，她也不是懺悔的教徒。對於常常獨處的法比，把過多地了解他人底細看成負擔，讓他不適。或許叫玉墨的這個女人在做某種不祥的準備。

她突然話鋒一轉：「副神父，您呢？」她想知道他的底細，用底細換底細。

不知怎麼一來，法比開講了。他把自己的父母怎樣將他留在中國，他的養父和阿婆怎樣把他養大的過程講給她聽。法比一邊講一邊想，似乎從來沒有人要聽他的故事，沒有人像趙玉墨這樣傾心地聽他講述。對這樣的傾心聆聽，法比突然爆發了傾訴欲；一些情節已講過了，他又回過頭去補充細節。他認為他講的那些細節一定生動之極，因為趙玉墨的眼睛和臉是那麼入神。他說到去美國見到一大群血緣親眷時的緊張和恐懼，玉墨悲憫地笑了笑。這女人對人竟有如此透徹的理解。

法比想，假如有一個願意聽他訴說的人，他可以不喝酒。這樣的聆聽面孔，可以讓他醉。

玉墨說：「我沒想到，這輩子會跟一個神父交談。」

法比更沒想到，他會跟一個妓女交換底細。

「那你會一直在這教堂裡？」

法比一愣，他從來沒懷疑過自己會生老終死在這座院子裡，自己的墓會排列在英格曼神父旁邊。現在被趙玉墨問起來，他倒突然懷疑起來。可能他一直就在懷疑，只是那疑惑太不經意，似是而非，但一直是和他的不懷疑並行存在的，上帝也是似是而非地存在著。尤其經過昨天夜裡，造物主顯得多麼軟弱無力，不是同樣好欺負嗎？他看著這個啟發了他的懷疑的女人。他嘴裡還在跟她談著他遇到英格曼神父之後的事情，心裡卻在延續她十一二歲時錯過的那個可能性，她遇到一個講揚州話的西方青年，青年把她送進威爾遜女子教會學堂，暗中等待她長大。等待她高中畢業，成一個教養極高的尤物，法比走到她面前，對她宣布，自己已經還俗……此刻法比看著那被無數男人親吻過的嘴，下巴的線條美輪美奐。她的黑旗袍皮膚一樣緊緊裹在身上；這是一具水墨畫裡的中國女子的身體，起伏那樣柔弱微妙，只有懂得中國文化的西方男人才會為這具身體做夢——叫趙玉墨的女人那樣凝視了他之後，他幾番做夢，夢中趙玉墨從那一套套衣飾生給剝出來，糯米粉一樣黏滑陰白的肌膚，夜生活漚白的肌膚，讓他醒來後恨自己，更恨她。

也許這恨就是愛。但法比仇恨那個會愛的法比，並且，愛的那麼肉欲，那麼低下。讓法比感到安全的是，叫趙玉墨的女人，永遠不會愛上他。她那含意萬千的凝視是她的技巧，是她用來為自己換便利的，由此他更加恨她。他糊塗了，若是她死心塌地真心誠意地愛他，他不就完結了嗎？難道他不該感激她只和他玩技巧？

「我回去了。」她站起身，哭紅的眼睛消了點腫。

她為姓戴的少校流了那麼多眼淚，少校在天有靈，該知道自己豔福不淺，他法比要是換到戴少校的位置上，她會怎麼樣？她會黯然神傷那麼一下，心裡想：哦，那個叫法比的不中不洋的男人不在了。但他在與不在，又有什麼不同？對她沒什麼不同。對誰都沒什麼不同。

「神父，你現在記住了？」

法比莫名其妙地看著她。她頭一歪，似乎要笑，法比明白了，她問他是否記住了她的底細。她這個輕如紅塵的女人，一旦消失，就像從來沒投胎到這世上似的。現在法比萬一有記性，該記住即便她如一粒紅塵，也是有來龍去脈的。

法比心裡生出一陣從來沒有過的疼痛。

第十五章

英格曼神父下午兩點多從安全區步行回來，從教袍裡拿出五六斤大米。法比把粥煮好之後，把女人們和女學生們都叫到了餐廳裡。英格曼神父告訴她們，就在前天，日本兵公然從安全區擄走幾十個女人。他們使的手段非常下流，先製造一件抓獲中國士兵的事端，調虎離山地把安全區幾個領導引到金陵女子學院大門口，同時用早已埋伏的卡車把獵獲的幾十個女人從側門帶走了。英格曼神父說，安全區的生活條件比教堂更糟，過分擁擠，糞便滿地，流行病不斷發生，難民間也時而為衣食住行衝突，所以安全區領導們並不覺得十幾個十三四歲的女孩在安全區會比在教堂更安全。魏特琳女士和英格曼神父說定，今天夜裡開救護車到教堂來，把女學生們運送到羅賓孫醫生的宅子裡。

一九三七年十二月二十一日下午四點發生的事，我姨媽孟書娟在脫險後把它記錄下來。多年後，她又重寫了一遍。我讀到的，是她以成熟的文字重寫的記述。我畢竟不是我姨媽那樣的史學文豪，我是個寫小說的，讀到這樣的記載就控制不住地要用小說的思維去想像它。現在，我根據我的想像以小說文字把事件還原。

十二月的南京天黑得早，四點鐘就像夏日的黃昏那樣暗了。再加上這是個陰雨天，清晨沒有過渡到白天，就直接進入了暮色。

英格曼神父這時在閱覽室打盹兒——他已經搬到閱覽室住了，為了不額外消耗一份柴火去燒他居處的壁爐，也為了能聽見法比．阿多那多上樓下樓、進門出門的聲音，這聲音使他心裡踏實，覺得得到了法比的間接陪伴，法比也在間接給他壯膽。

法比從樓梯口跑來，一面叫喊：「神父！……」

這是魂飛魄散的聲音。

英格曼神父企圖從扶手椅裡站起，兩腿一虛，又跌回去。法比已經到了門口。

「來了兩輛卡車！我在鐘樓上看見的！」法比說。

可憐的法比此刻像個全沒主意的孩子，英格曼神父站起來，鵝絨袍子胸口上的長長刀傷使袍子的裡子露出來，那是深紅的裡子，創面一樣。可憐的他自己，竟也是個全無主意的孩子。

「去讓所有人做好準備。不要出一聲，房子被推倒都不要出來。」他說著，換上葬禮穿的黑教袍，拿起教杖。

到了院子裡，英格曼的眼前已經一片黃顏色，牆頭上穿黃軍裝的日本兵坐得密密麻麻，如同鬧鳥災突然落下的一群黃毛怪鳥。

門鈴開始響了。這回羞答答的，響一下，停三秒，再響一下，英格曼看見法比已從廚房出來了，他知道女人們和女學生們都接到了通知。他向法比一抬下巴，意思是：時候到了，該你我了。

英格曼神父和法比・阿多那多並肩走到門前，打開窺探小窗口，這回小窗口沒有伸進一把刺刀，而是一團火紅。英格曼看清了，少佐左手將一盆聖誕紅舉向小窗，右手握在指揮刀把上。

「何必用門鈴？你們又不喜歡走正門。」英格曼神父說。

「請接受我們的道歉，」少佐說。同時他的馬靴碰出悅耳的聲響，然後深深鞠了一躬，「為了昨晚對神父大人的驚擾。」

為了這兩句致歉，難為他操練了一陣英文。

「一百多士兵荷槍實彈來道歉？」英格曼神父說。

翻譯出現了，一個五十多歲，戴金絲邊眼鏡的儒雅漢奸。

「聖誕將臨，官兵們來給二位神父慶賀節日。」翻譯說道。這回他主子只是微笑，臺詞由他來配，看來事先把詞都編好背熟了。

「謝謝，心領了。」英格曼神父說，「現在能請你的士兵們從牆頭上退下去嗎？」

「請神父大人打開門吧！」翻譯轉達少佐彬彬有禮的請求。

「開不開門，對你們有什麼區別？」

「神父說得一點不錯，既然沒區別，何妨表示點禮貌？」翻譯說。

英格曼神父頭一擺，帶著法比走開了。

「神父，激怒我們這樣的客人是不明智的。」翻譯文質彬彬地說。

「我也這麼認為過。」英格曼站下腳，回過頭對閉著的大門說，「後來發現，對你們來說，激怒不激怒，結果都一樣。」

法比輕聲說：「別把事情越弄越壞。」

英格曼神父說：「還有壞下去的餘地嗎？」他絕不會放這群穿黃軍服的瘋狗們從正門進來。讓他們從正門進來，就把他們抬舉成人類了。

他回過頭，暮色中的院子已是黃軍服的洪荒了。一群士兵找到斧子，把大門的鎖砸斷。少佐帶著十來個士兵大步走進來，像要接管教堂。

「這回要搜查誰呢？」英格曼神父問道。

少佐又來一個鞠躬。這個民族真是繁文縟節地多禮啊。翻譯用很上流的造句遣詞對英格曼說：「神父閣下，我們真是一腔誠意而來。」他說著略帶苦楚的英文，少佐以苦楚的神情配戲，「怎樣才能彌補我們之間的裂痕呢？」

英格曼神父微微一笑，深陷的眼窩裡，灰藍的目光冷得結冰。

「好的。我接受你們的誠摯歉意，也接受你們的祝賀，現在，讓我提醒你們，出去的門在哪裡。」神父說。他轉過頭，似乎領頭把他們往門口帶。

「站住！」少佐用英文說道。他一直演啞劇，讓翻譯替他配解說詞，這時急出話來了。

英格曼神父站住了，卻不轉身，背影是「早料到如此」的樣子。

少佐對翻譯惡狠狠地低聲授意，翻譯翻過來卻還是厚顏的客套：「我們的節日慶祝節目還沒開始呢！」

英格曼神父看著少佐，又看一眼滿院子的手電筒光亮。暮色已深，漸漸在變成夜色，手電筒光亮的後面，是比夜色更黑的人影。

「在聖誕之前，我們司令部要舉行晚會，上峰要我邀請幾位尊貴的客人。」他從旁邊一個提公文包的軍官手裡接過一個大信封，上面印有兩個中國字：「請柬」。

「領情了，不過我是不會接受邀請的。」英格曼神父手也不伸，讓那張臉面印得很漂亮的請柬，在他和少佐之間尷尬著。

「神父誤會了，我的長官請的不是您。」少佐說。

英格曼迅速抬起臉，看著少佐微垂著頭，眉眼畢恭畢敬。他一把奪過請柬，打開信封，不祥的預感使他患有早期帕金森症的手大幅度顫抖。少佐讓一個士兵給神父打手電照明。請柬是發給唱詩班的女孩的。

「我們這裡沒有唱詩班。」英格曼神父說。

「別忘了，神父，昨夜你也說過，這裡沒有中國軍人。」

法比從神父手裡奪過請柬，讀了一遍，愣了，再去讀。第一遍他不相信自己的眼睛，第二遍他一個字也讀不進去。他把請柬扔在地上，咆哮一聲：「活畜生！」江北話此刻是最好的表白語言。法比轉向少佐，面孔灰白：「上次就告訴你們了，威爾遜學校的女學生全部給父母領走了！」

「我們研究了著名的威爾遜女子教會學堂的歷史。女學生中有一小部分是沒有父母的。」翻譯把少佐的意思譯得有禮有節，一副攤開來大家講道理的樣子。

「那些孤兒被撤離的老師們帶走了。」法比說。

「不會吧，根據準確情報，在南京失守的前一清晨，還聽見她們在這裡唱詩，大日本皇軍有很多中國朋友，所以別以為我們初來乍到，就會聾、會瞎。」少佐通過翻譯說。

英格曼神父始終沉默，似乎法比和少佐的扯皮已經不再讓他感興趣，他有更重大的事情要思考。

誰把這些女孩子們出賣了？也許他提供這致命信息時以為日本人是真想聽女孩們唱詩，想懺悔贖罪。日軍裡確實有一部分基督徒和天主教徒。出賣女孩子們的人可能也不知道，日本軍人是怎樣一群變態狂，居然相信處女的滋補神力，並採集處女剛萌發的體毛去做護身符，掛在脖子上，讓他們避邪，讓他們在槍林彈雨中避過死傷……英格曼神父腦子裡茫茫地浮過這些念頭，等他回過神，法比正用身體擋住少佐的士兵。

「你們沒有權力搜查這裡！」法比說，「要搜查，踩著我的屍首過去！」

法比已然是一副烈士模樣。

手電筒後面，一陣微妙的聲響，一百多士兵，刀、槍、肢體都進入了激戰狀態，士氣飽滿，一切就緒。英格曼神父長嘆一聲，走到少佐面前：「她們只有十幾歲，從來沒接觸過社會，更別說接觸男人、軍人……」

少佐的面孔在黑暗中出現一個笑容：聽上去太合口味了，要的就是那如初雪的純潔。

少佐說：「請神父們放心，我以帝國軍人的榮譽擔保，唱完以後，我親自把她們送回來。」

「神父，你怎麼能信他的鬼話？」法比用江北土話質問英格曼神父，「我死也不能讓他們幹那畜生事！」

「她們不會接受邀請的。」英格曼神父說。

少佐說：「對她們來說這是一件大好事，鮮花、美食、音樂，相信她們不至於那麼愚蠢，拒絕我們的好意，最終弄出一場不愉快。」

「少佐先生，邀請來得太突然了。孩子們都沒有準備，總得給她們一點時間，讓她們洗臉、梳頭，換上禮服，再說，也得給我一點時間，把事情原委好好告訴她們，叫她們不要害怕。你們是她們的敵人，跟敵國的士兵走，對她們來說是非常恐怖的，萬一她們採取過激行為，自殺自殘，後果就太可怕了。」

英格曼神父的著名口才此刻得到了極致發揮，似乎他是站在第三者的局外立場上，擺出最有說服力的事實，既為少佐著想，又為女學生們考量。

「你以為這些畜生真要聽唱詩？」法比說。

「神父，你認為多長時間可以讓孩子們準備好？」少佐通過翻譯問道。

「三小時應該夠了。」

「不行，一小時，必須完成所有準備。」

「至少要兩個小時！」

「不行！」

「兩個小時是最起碼的。你總不願意看著一群飢寒交迫、蓬頭垢面、膽戰心驚的女孩子跟你們走吧？你希望她們乾淨整潔，心甘情願，對吧？我需要時間勸說她們，說你們不殺人、不放火、不搶不姦，對吧？否則她們集體自焚怎麼辦？」英格曼神父說。

老神父的苦口婆心讓少佐鄭重考慮了幾秒鐘，說：「我給你一小時二十分鐘。」

「一小時四十分。」英格曼神父以上帝一般不容置疑的口氣說道。

英格曼神父贏了這場談判。

「同時，我請求少佐先生把士兵們帶出去，你們這樣的陣勢，指望我怎麼鎮定她們、消除她們的恐懼？她們不是社會上的一般女孩。請你想像一下，修道院的高牆。她們學校跟修道院很接近，學校就是她們的搖籃，她們從來沒離開過這個搖籃。所以她們非常敏感，非常羞怯，也非常膽小。在我沒有給她們做足心理準備之前，這些全副武裝的占領軍會使我所有的說服之詞歸於無效。」

少佐冷冷地說了一句，被譯過來為：「這個請求我不能答應。」

英格曼神父淡淡一笑：「你們這樣的兵力，夠去包圍一座城堡了，還怕赤手空拳的小女孩飛了？」

又是一句極其在理的辯駁，少佐很不甘地站了一會兒，下令所有士兵撤出教堂院子。

「神父，我沒想到你會聽信他們的鬼話！……」法比憤怒地說。

「我連一個字都沒信。」

「那你為什麼不拒絕邀請？」

「拒絕了，他們反正可以把孩子們搜出來。」

「萬一搜不出來呢？至少我們能碰碰運氣！」

「我們總可以遲些再碰運氣。現在我們贏得了一小時四十分，得抓緊每一分鐘想出辦法來。」

「想出辦法救你自己的命吧？」法比徹底造反了。

英格曼神父卻沒有生氣，好像他根本沒聽見法比的話。法比激動起來就當不了英文的家，發音語法都糟，確實也難懂。英格曼神父可以選擇聽不懂他。

「我們有一個多小時，比沒有這一個多小時強多了。」

「我寧可給殺了也不把女孩們交出去……」

「我也寧可。」

「那你為什麼不拼死拒絕？」

「反正我們總是可以遲一會兒去拼死，遲一個多小時……現在你走開吧。」

外面黑得像午夜，法比離開了英格曼神父。他回過頭，見英格曼神父走到受難聖像前，面對十字架慢慢跪下。法比此時還不知道在他和少佐說話時，一個念頭在神父腦子裡閃現了一下。現在他要把那閃念追回來，仔細看看它，給它一番冷靜的分析。

第十六章

當英格曼神父跟日本軍官說到女孩們需要梳洗打扮去出席晚會時，書娟和女同學們正瞪大眼睛聆聽。神父是老糊塗了嗎？難道不是他把豆蔻的結局告訴她們的嗎？他也要讓日本人把她們一個個當豆蔻去禍害？那件男人用來毀滅女人的事究竟是怎樣的，如何通過它把蘇菲、書娟等毀成紅菱、玉墨、喃呢，最終毀得體無完膚如豆蔻，她們還懵懂，正因為懵懂，即將來臨的毀滅顯得更加可怖。

「日本人真的會送我們回來？」一個女孩問。這時還有如此不開竅的女孩們沒一個人搭理她。說話的女孩比書娟低一年級，家在安慶鄉下，母親是個富孀，不知從哪裡來的怪念頭，把女兒送到南京受洋教育。

「剛才沒聽到？還有好吃的，還有花。」這個小白痴說。

「那你去啊！」蘇菲說。一聽就知道這句好好的話是給她當髒話來罵的。

「你去我就去。」安慶女孩回嘴道。

「你去我也不去！」蘇菲說。她可找到一個出氣筒了。

安慶女孩不語了。

「你去呀！」蘇菲嚎起來。此刻找個出氣筒不易，絕望垂死的惡氣都能通過它撒出去，「日本人有好吃的，好喝的，還有好睡的！」

安慶女孩不知什麼時候撲到蘇菲身邊，摸黑給了蘇菲一巴掌，打到哪兒是哪兒。蘇菲並沒有被打痛，卻幾乎要謝謝安慶女孩的襲擊，現在要讓出氣筒全面發揮效應，拳頭、指甲、腳，全身一塊出氣。安慶女孩哭起來，蘇菲馬上哭得比她還要委屈，似乎她揍別人把自己揍傷了，上來拉架的女孩們拉著拉著也哭了。

「臭婊子，騷婊子！」蘇菲一邊拳打腳踢，一邊罵道。現在她是打到誰算誰。她要出的氣太多了，也出徐小愚讓她慪的那口惡氣。朝三暮四的徐小愚把一片痴心的蘇菲耍慘了，還是在性命攸關的時候耍的……「臭婊子！……」蘇菲的惡罵被嗚咽和拳腳弄得斷斷續續。

「哎，你罵哪個？」簾子一撩，出現了紅菱。喃呢和玉笙跟在她後面。

「婊子也是人哦。」紅菱幾乎是在跟女孩們逗悶子，「不要一口一個臭啊騷的。」

玉墨說：「本來都斯斯文文，怎麼學這麼野蠻？跟誰學的？」

喃呢說：「跟我們學的吧？……你們怎麼能跟我們這種人學呢？」

女孩們漸漸停止打鬥，悶聲擦淚，整理衣服、頭髮。

安慶女孩還在嗚嗚地哭。

簾子又一動，趙玉墨過來了，兩條細長的胳膊叉在腰上，一個厲害的身影。

「啊煩人啊？」玉墨用地道的市井南京話說，「再哭你娘老子也聽不見，日本人倒聽見了，你們幾個，」她指指紅菱等，「話多。」

然後她重重地撩簾子，回到女人們那邊去了。

女孩們奇怪地安靜下來。趙玉墨的口氣那麼平常，可以是一個被煩透的年輕母親斥責孩子，也可以是學校監管起居雜務的大姐制止囉哩巴嗦的小女生。

女學生們此刻似乎非常需要她這麼來一句，漫不經心，有點粗糙，不拿任何事當事。

當英格曼神父從十字架前面站起來，思維和知覺一下子遠去，他知道自己處在虛脫的邊沿上，疲勞、飢餓、沮喪消耗了一多半的他，而他剩下的生命力幾乎不能完成他馬上要說的、要做的。他將要說的和做的太殘忍了，為了保護一些生命，他必得犧牲另一些生命。那些生命之所以被犧牲，是因為她們不夠純，是次一等的生命，不值得受到他英格曼的保護，不值得受到他的教堂和他的上帝的保護。他被迫做出這個選擇，把不太純的、次一等的生命擇出來，奉上犧牲祭臺，以保有那更純的、更值得保存的生命。

是這麼回事嗎？在上帝面前，他有這樣的生死抉擇權，替上帝做出優和劣的抉擇？……

他穿過院子，往廚房走去。

他會以「我的孩子」來開始他的「抉擇」演說，就像成百上千次他稱呼女學生們「我的孩子」那樣。難道她們不也是他的孩子們？奇怪得很，他感到一種衝動，想稱她們為他的孩子，他甚至不感到造作和勉強。究竟什麼時候他對她們改變了看法？當然沒有完全改變看法，否則他不會把她們當成犧牲，供奉出去。他仍然不尊重她們，但不再嫌惡她們。

他要向她們表示痛心：事情只能這樣子，日本人帶走的只能是她們。只能犧牲她們，才能搭救女孩們。他會對她們說：「我的孩子們，犧牲自己搭救別人能使一個人的人格達到最神聖的境界。通過犧牲，你們將是最聖潔的女人。」但他在走進廚房的門之前，突然感到這一番話非常可笑，非常假模假式，甚至令他自己難為情。

那麼說什麼好呢？

他甚至希望她們抗拒，跟他翻臉，惡言相向，這樣他會產生力量，對她們說：「很遺憾，你們必須跟日本人走，立刻離開教堂。」

一秒鐘都浪費不起了，可英格曼神父仍在滿心火燒火燎地浪費時間。

「神父！」法比從後院跑來，「墓園裡都是日本兵！他們跳進牆裡一直埋伏在那兒！」

英格曼一下推開了廚房的門。他腦子裡只剩一閃念：但願這些女人能像所有的中國良家女子一樣，溫順地接受自己的命運。

但英格曼神父在推開的門口站住了。

女人們圍著大案板，圍攏一截快燃盡的蠟燭，好像在開什麼祕密會議。

「你怎麼在這裡？」法比小聲問。

「是我叫她們上來的。」玉墨說。

「十幾個日本兵剛才沒跟他們的長官出去，守在後院墓地裡呢！」法比說。

玉墨無所謂地看了他一眼，就把目光轉向英格曼神父：「我們姐妹們剛才商議了……」

玉笙說：「你跟誰商議了?!」

玉墨接著說：「我們跟日本人走，把學生們留下來。」

英格曼神父立刻感到釋然，但同時為自己的釋然而內疚，並恨自己殘忍。

法比急著插嘴：「你們真以為有酒有肉？」

喃呢說：「真有酒有肉我也不去！」

玉墨說：「我沒有逼你們，我自己能替一個是一個。」

紅菱懶懶散散地站起來，一面說：「你們以為你們比趙玉墨還金貴啊？比臭塘泥還賤的命，自己還當寶貝！」她走到玉墨身邊，一手勾住玉墨的腰，對玉墨說，「我巴結你吧？我跟你走。」

玉笙大聲說：「賤的貴的都是命，該誰去誰去！……」

幾個女人嘟噥起來：「我還有爹媽兄弟要養呢！」

「又沒點我的名，我幹什麼要去？」

玉墨惱怒地說：「好，有種你們就在這裡藏到底，占人家地盤，吃人家口糧，看著日本人把那些小丫頭拖走去禍害！你們藏著是要留給誰呀？留著有人疼有人愛嗎？」她現在像個潑辣的村婦，一句話出口，好幾頭挨罵，但又不能確定她究竟罵誰。「藏著吧，藏到轉世投胎，投個好胎，也做女學生，讓命賤的來給你們狗日的墊背！」

玉墨的話英格曼神父不太懂。有些是字面上就不懂，有些是含意不懂，但法比是懂的，他生長的江北農村，不幸的女人很多，她們常常借題發揮，借訓斥孩子訴說她們一生的悲情。讓人感到她們的悲哀是宿命的安排，她們對所有不公正的抗拒最終都會接受，而所有接受只是因為她們認命。玉墨的話果然讓絕大多數女人都認了命，溫順地靜默下來。

「你們不必頂替女學生。」法比對玉墨說。

玉墨愣了。法比感到英格曼神父的目光刺在他右邊的臉頰上，「誰都不去。」

英格曼神父用英文說：「說點有用的話，法比！」

「讓她們全藏到地下室，也許日本人搜不出來。」法比說。

「這風險我們冒不起！」

「南京事件的時候，直魯軍和江右軍幾次跑進教堂來，我們不是躲過來了嗎？」法比啟發神父。

「可是日本人已經知道女學生藏在教堂裡……」

「那就是你向日本人供認的時候，已經想好要犧牲這些女人了。」激動的法比發音含糊但語速飛快。他看老神父吃力地在理解他，便又重複一遍剛才的指控。他從來沒像此刻這樣，感到自己是個徹頭徹尾的中國男人，那麼排外，甚至有些封建，企圖阻止任何外國男人欺負自己種族的女人。

「法比．阿多那多，這件事我沒有跟你商量！」英格曼神父以低音壓住了法比的高音。門鈴響了。蠟燭上的火苗扭動一下。

「快到地下室去！」法比對女人們說，「我活著，誰也別想拉你們做墊背的！」

「沒有拉我們，我們是自願的。」玉墨看著法比，為這一瞥目光，法比等了好多個時辰，好幾天，好幾夜，這目光已使法比中毒上癮，現在發射這目光的眼睛要隨那身軀離去，毒癮卻留給了法比。

「我去跟少佐說一聲，請求他再給我們十分鐘。」英格曼說。

「二十分吧。裝扮學生，二十分鐘是起碼的。」玉墨說。

英格曼神父眼睛一亮，他沒想到趙玉墨的想法比他更聰明、更成熟，乾脆就扮出一批女學生來！

「你覺得你們能扮得像嗎？」英格曼問。

紅菱接道：「放心吧，神父，除了扮我們自己扮不像，我們扮誰都像！」

玉墨說：「法比，請把學生服拿來，不要日常穿的，要最莊重的，要快！」

法比跑到《聖經》工場，開始往閣樓上攀登時，突然想到，剛才趙玉墨沒有叫他「副神父」，而是叫他「法比」，把「法比」叫成了一個地道的中國名字。

英格曼神父的懇求得到了少佐的批准。他的部隊在寒冷中靜默地多候了二十分鐘。英格曼給的理由是說得過去的：唱詩禮服很久沒被穿過，有的需要釘紐扣，有的需要縫補、熨燙。士兵們站在圍牆外，一個挨一個，刺刀直指前方。多二十分鐘就多二十分鐘吧，好東西是值得等待的。日本人是最講究儀式的。一盤河豚上桌，都裝點成藝術品，何況美味的處女。

二十分鐘後，廚房的門開了，一群穿黑色水手裙、戴黑禮帽的年輕姑娘走出來，她們微垂著臉，像惱恨自己的發育的處女那樣含著胸，每人的胳膊肘下，夾著一本聖歌歌本。

她們是南京城最漂亮的一群「女學生」。這是我想像的，因為女學生對她們是個夢，她們是按夢想來著裝扮演女學生的，因此就加上了夢的美化。

再說，南京這座自古就誘陷了無數江南美女並把她們變成青樓絕代的古城，很少生產醜陋的窯姐，醜女子首先通不過入門考核，其次是日後會降低妓院名望，甚至得罪客人。所以在電影尚在萌芽時期的江南，盛產的窮苦美女只有兩個去處，一是戲園，一是妓館。

我姨媽書娟沒有親眼看見趙玉墨一行的離去。後來是聽法比說的，她們個個奪目。

趙玉墨個子最高，因此走在隊伍最後。

英格曼神父走上前，給每個女人劃十字祈求幸運。輪到趙玉墨了，她嬌羞地一笑，屈了一下膝蓋，惟妙惟肖的一個女學生。

英格曼神父輕聲說：「你們來這裡，原來是避難的。」

「多謝神父，當時收留我們。不然我們這樣的女人，現在不知道給禍害成什麼樣了。」法比這時湊過來，不眨眼地看著玉墨。玉墨又說：「我們活著，反正就是給人禍害，也禍害別人。」她俏皮地飛了兩個神父一眼。

法比為女人們拉開沉重的門。外面手電筒光亮照著一片刺刀的森林。少佐僵直地立正，臉孔在陰影中，但眼睛和白牙流露的喜出望外卻從昏暗中躍出來。法比從來沒想到他會拉開這扇門，把人直接送上末路。把一個叫趙玉墨的女子送上末路。

法比想，這個叫趙玉墨的女子錯過的所有幸運本來還有希望拾回，哪怕只拾回一二，哪怕拾回的希望渺小，但此一去，什麼也拾不回了。這樣想著，他心裡酸起來。他染上中國人的多愁善感，是小時候阿婆帶他看中國戲曲所致。阿婆在他心靈中種下了多愁善感的種，是啊，種是可以被種植的，種也會變異。

一輛卡車停靠在燒死的樹邊，卡車尾部站著兩個日本兵。等到第一個「女學生」走近卡車，他們一人伸一隻手，架住她的胳膊，幫她登上梯子。不要他們幫忙是不行的，他們立刻把槍刺橫過來，擋住退路，限止動作。

少佐跟在玉墨旁邊。

法比在三步之外跟著他倆。

英格曼神父站在教堂大門口，許多天不刮的鬍鬚使他的容貌接近古代人，或者說更脫離人而接近神。

我想像英格曼神父在那一刻腦子空空，只盼著這場戲順利進行，直到結束，千萬不要節外生枝，他經不住任何意外枝節了。

他目送一個個「女學生」登上卡車尾部的梯子，消失在卡車篷布後面，從她們的身材、動作他基本能辨認出誰是誰，但叫不出她們的名字。他有點後悔沒問一聲她們的名字——是父母給的真名字，不是青樓上的花名。他只記得一個名字，就是趙玉墨。這大概也不是她父母給她的名字。他永遠也不會知道，趙玉墨寧可忘掉親生父母給她取的名字。

當天晚上的晚餐是燒糊了的土豆湯。陳喬治死去之後，大家就開始吃法比的糊粥、糊湯。不同的是，這頓晚餐分量極足，每個女學生都吃雙份。下午法比在準備晚餐時，並沒有料到那十三份湯將多餘出來。女學生們終於實現了她們這些天藏在心底的祈禱：讓我飽飽地吃一頓吧，別讓那些窯姐分走我的糧食了。她們沒想到，她們的祈禱被回覆了，是以如此殘酷的方式回覆的。她們一勺一勺地吃著土豆湯，書娟偷偷看了一眼對面的蘇菲。蘇菲臉上一道血痕，是混戰時被指甲摳的，那道血痕是蘇菲麻木的臉上唯一的生動之處。誰也沒有發感慨：啊，那些女人救了我們。也沒人說：不曉得她們活得下來不？但書娟知道同學們跟她一樣，都在有一搭無一搭的懺悔：我當時只是想吃飽，沒想到我的禱告對她們卻成了惡毒咒語。

還需要一些時間，需要一大截成長，她們才能徹底看清這天晚上，這群被她們看成下九流的女人。

晚餐前，法比・阿多那多帶領她們祈禱，然後他匆匆離去了。

夜裡十二點，法比從外面回來，身後跟著一個高大的西洋女士，學生們認識她，此刻輕聲稱呼她「魏特琳女士」。女士和法比一樣，說一口流利的中國話，手勢眼神也像中國人。她帶來了一個理髮師給女孩們剃頭。兩個小時之後，一群小女生成了一群小男生。魏特琳女士是乘一輛救護車來的，凌晨離去時，救護車裡運載了一車穿著條紋病號服的少年病號，「他們」個個面黃肌瘦，眼睛呆滯無光，條紋病號服飄飄蕩蕩，看起來裡面像沒有一具實質的身體。

我姨媽和同學們扮成染了傳染病的男孩，在金陵醫學院的病號房藏了兩天，又被偷偷地送到南京附近的鄉下，再從那裡乘船到蕪湖，而後轉船去了漢口。法比・阿多那多一路護送，身分從神父變成了監護「醫生」。誰也沒想到，那次臨時的職業偽裝永久地改變了法比的身分。半年後他回到南京，辭去了教堂的職務，在威爾遜教會學校教世界歷史和宗教史，在其他大學零散兼課，那十三個被秦淮河女人頂替下來的女孩中，唯有我姨媽孟書娟一直和他通信，因為她和他都存在一份僥倖，萬一能找到十三個女人中的某一個，或兩個，即便都找不到，得到個下落也好，別讓他們的牽記成為永遠的懸疑。

第十七章

審判戰犯的國際法庭上，我姨媽孟書娟認為她見到的那個面目全非、背影如舊的女子就是趙玉墨。孟書娟給當時在美國的法比・阿多那多寫了封信，告訴他趙玉墨還活著。法比的外祖母是一九四五年十月去世的，給孤兒法比留下了一點房產，法比去美國是為了變賣它。我姨媽在信裡告訴法比，趙玉墨如何否認自己是趙玉墨，法比的回信一個月之後到達，他說也許趙玉墨只能成為另一個人才能活下去。

隨著日軍在南京屠城、強姦的事件漸漸被揭示，漸漸顯出它的規模，我姨媽對趙玉墨的追尋更是鍥而不舍。她認為她自己的一生都被一九三七年十二月的七天改變了。她告訴我，離開教堂之後，她和同學們常常冒出窯姐們的口頭禪，或冒出她們唱的小調，那些髒兮兮的充滿活力的小調居然被學生們學過來了，全是下意識的。偶然爭吵起來，她們也不再是曾經的女孩，變得粗野，個個不饒人，你嘴髒我比你還髒，一旦破了忌諱，她們覺得原來也沒什麼了不起，男人女人不就那一樁事？誰還不拉不撒？到了想解恨的時候，沒有哪種語言比窯姐們的語言更解恨了。那之後的幾個月，法比・阿多那多費了天大的勁，也沒能徹底把她們還原成原先的唱詩班女孩。

我姨媽跟我說到此，笑了笑：「法比哪裡會曉得，那對我們是一次大解放，我們從這些被賣為奴的低賤女人身上，學到了解放自己。」

在我二十九歲那年，我姨媽孟書娟完成了她對十三個秦淮河女人下落的調查。

趙玉墨是十三個女人中唯一活下來的，也是她證實了那次日本中高層軍官如何分享了她和另外十二個「女學生」。其中有兩個企圖用牛排刀反抗，（從威爾遜教堂餐廳裡帶走的牛排刀）但反抗未遂，當場被殺害。其餘十一個女人在日本軍官享用夠了後，又被發放到剛剛建立的慰安所，兩三年內，相繼死去，有的是試圖逃亡時被擊斃的，有的是染病而死，個別的自殺了。趙玉墨的倖存大概應該歸她出眾的相貌和格調，享受她的都是中下層軍官，因此對她的把守漸漸放鬆，使她終於逃跑成功。大概她是在做了四年慰安婦之後逃出來的，至於她為什麼要整容，我姨媽一直找不到答案，我也找不到答案。

《金陵十三釵》創作談

嚴歌苓

我一向不認為《金陵十三釵》屬於我最好的小說之一，但它是一篇我長久以來認為非寫不可的作品。不知為什麼，人在異邦，會產生一種對自己種族的「自我意識」，這種對族群的「自我意識」使我對中國人與其他民族之間的一切故事都非常敏感。這並不是單單發生在我身上的現象，我周圍很多朋友很早就在美國開始「南京大屠殺」的資料搜集和展覽，同時發起抵制日貨活動，甚至在釣魚島事件發生之時，十多個人居然募集到一大筆資金，買了一輛小飛機，準備代表民間的中國人收復釣魚島。所以我常常玩笑說，把一個不愛國的人放到國外，數年後他可能變成一個國粹派。

所以我參與「南京大屠殺」的紀念活動是從一九九三年開始的。那時在芝加哥，華人社區展示了第一批大屠殺的圖片。之後的每年，我都參加大屠殺紀念活動，後來也參加了一九九七年在南京舉行的由中、日雙方舉辦的「南京大屠殺六十週年」紀念大會。我就是在參觀一個個大屠殺刑場時，感到非得為這個歷史大悲劇寫一個作品。

國際上把「南京大屠殺」叫成“The Rape of Nanking”，用Rape（即強姦）取代屠殺。對於這個慘絕人寰的歷史事件，國外東西方學者們寧可稱它為「大強姦」，然而強姦只是整個屠城罪惡的一個支端。卻恰似這個貌似片面的稱謂，引起了我的全面思考。

那個迄今已發生了七十四年的悲劇的一部分——強姦，是最為刺痛全世界學者的社會良知的，是更值得他們強調而進入永恆記載的。在「南京大屠殺」期間，有八萬左右的中國女性被強暴，與三十萬遇難者的總數相比，占不到四分之一的比例，但“Rape”卻包含更深、更廣意味上的殘殺。若說屠殺只是對肉體的消滅，以及通過屠殺來進行征服，那麼“Rape”則是以踐踏一國國恥，霸占、褻瀆一國最隱密最脆弱的私處，以徹底傷害一國人的心靈來實現最終的得逞和征服，來實施殘殺的。並且，在大悲劇發生後的七十多年中，事實仍然在被否認、被篡改，於是它是一段繼續被凌辱、被強暴的歷史。那八萬名“Rape”犧牲者，也就一直不能得到雪恥。由此看來，歷史柔弱可欺，至今是可被任意辱沒強暴的俘獲品。“Rape”在此便顯出了比屠殺更為痛苦的含義。

因此我想到戰爭中最悲慘的犧牲永遠是女性。女性是征服者的終極戰利品。女性承受的痛苦總是雙倍的。並且無論在哪種文化裡，處女都象徵一定程度的聖潔，而占領者不踐踏到神聖是不能算全盤占領的。這就是男性遊戲——戰爭至於女性的悲劇。

這個故事是獻給 The Rape of Nanking（南京大屠殺）中的女性犧牲者的，當故事中的犧牲鋪展開來時，我希望讀者和我一樣地發現，她們的犧牲不僅悲慘，而且絢爛。

國家圖書館出版品預行編目資料

金陵十三釵／嚴歌苓著.－－初版三刷.－－臺北市:
三民, 2022
面; 公分.－－(世紀文庫:文學032)

ISBN 978-957-14-5795-6 (平裝)

857.7 102006483

© 金陵十三釵

著作人	嚴歌苓
發行人	劉振強
發行所	三民書局股份有限公司 地址 臺北市復興北路386號 電話 (02)25006600 郵撥帳號 0009998-5
門市部	(復北店) 臺北市復興北路386號 (重南店) 臺北市重慶南路一段61號
出版日期	初版一刷 2013年6月 初版三刷 2022年2月
編號	S 811620

行政院新聞局登記證局版臺業字第〇二〇〇號

ISBN 978-957-14-5795-6 (平裝)

http://www.sanmin.com.tw 三民網路書店